Estela a esta hora

Natália Zuccala

Estela a esta hora

todavia

Para Rodrigo, que nunca sabe que horas são,
mas me ensinou a ver o tempo

*Nota-se imediatamente se alguém tem ou não
tem vocação para ser um paciente que preste.*

Thomas Mann, *A montanha mágica*

Pouca saúde e muita saúva, os males do Brasil são.

Mário de Andrade, *Macunaíma,
o herói sem nenhum caráter*

O que eu quero dizer? Que o olho circunscreve.

Veja: por dentro, os limites não se delineiam tão bem assim. Pelo menos nem tanto quanto nos ensinam. Na realidade, na carne, no corpo, não existem peças perfeitas que se encaixem precisas umas nas outras e, sobrepostas, componham um modelo anatômico. É a didática que necessita da delimitação de modo a treinar a vista, então expõe as margens e redefine os contornos para fins de visualização. Entendeu? As fronteiras existem apenas na visão, nunca na coisa vista.

— Senhor, conte até dez, por favor.

— Um, dois, três, quatro, seis...

— Senhor?

A não ser os intestinos...

— Intubação.

Eles sim! Grandes protagonistas menosprezados, humildes celebridades mal reconhecidas, montanhas-russas do parque de diversão visceral, compridos, abundantes, evidentes, cheios de personalidade.

— Sinais vitais?

E é preciso dizer: por mais que um jovem estudante de medicina se esforce no exercício da imaginação, quando os contempla pela primeira vez... um indivíduo de barriga aberta e eles lá!

— Perfeito.

A maior parte dos anestesistas que conheço escolheu a profissão por imposição familiar, desejo por ascensão social ou ganância. Olha a cara dessa aí, por exemplo. Para mim, são médicos que não têm vocação autêntica para o ofício, médicos com nojinho, fracos. Trabalham mantendo um distanciamento confortável de sangue, pacientes e outras excrescências. Além disso, perceba: não diagnosticam nem curam! Para quê, Deus, servimos nós, se não para isso? Ainda assim, são peças-chave para os cirurgiões, nossos braços direitos? Nem tanto. Nossos braços esquerdos, talvez. Fracos.

— Residente?

Eu?

— Residente!

É comigo.

— Pode realizar a incisão.

Foi se tornando isso a medicina. Isto que o senhor não está vendo nesta sala de cirurgia: uma linha de montagem e desmontagem. Cirurgião principal, cirurgião-assistente, médico anestesista; residentes do primeiro ano, do segundo, do terceiro e de quais for necessário; instrumentador cirúrgico, enfermeiros, técnicos de enfermagem; catéter, afastador, monitor, órgãos; tecidos, artérias, nervos, e sabe? Só funciona assim. Não temos tempo para perder com artesanias. É melhor para nós e para vocês que a máquina seja regida com força, com precisão e sem melindres. Principalmente para aqueles de vocês que chegam arrebentados desse jeito. Uma facada, que beleza de estrago!

Além do mais, tudo divididinho assim, fica cada um responsável apenas pela sua parcela do latifúndio humano e ninguém se mete no terreno do outro, muito bem demarcado e isolado por um arame farpado de diplomas.

— Dez por nove, doutor.

A principal diferença entre o ofício do médico e o do latifundiário é que, para os últimos, a grandeza do poder se mede pelo tamanho da terra e, para os primeiros, a proporcionalidade é inversa: tanto mais apreciado será o dono do terreno quanto menor este for, ou seja, quanto mais invisível for o fragmento de corpo no qual o sujeito se especializou, quanto mais delicado é seu corte, quanto mais precisa sua incisão, quanto mais acurado seu olhar, quanto sangue!

— Sucção.

No hospital, nunca é noite. Tampouco é dia, está vendo? Aqui não chegam nem o sol nem a lua. Ainda menos no centro cirúrgico, coração nobre da máquina, onde a luz branca parece sempre mais clara. E quando não estou aqui, estou em lugar nenhum. Ontem, por exemplo, atravessei a madrugada sob uma lâmpada fluorescente e dois energéticos, me preparava nem sabia para quê e olhe só: hoje uma laparotomia exploradora. Ontem? Talvez anteontem, ou agora mesmo. Seu corpo nessa maca é um presente do destino.

Com que o senhor trabalha? Tem família, filhos? Não é todo dia que participamos de um procedimento como esse, então é meu dever evidenciar a magnitude do acontecimento. Para mim. Imagino que para o senhor também seja muito relevante, mas em escalas diferentes, desde perspectivas distintas.

— Nove por seis.

O que é isso? Deve ser fome, ou deveria ser fome, mas não sei identificar quando é, quando não é. Quando é só vontade de urinar, cólica intestinal, cólica menstrual ou gases. Seja como for, quando sair daqui, vou comer um bife mais gorduroso que sua barriga.

Seria tão curioso se pudéssemos também enxergar os sentimentos e as sensações por cirurgia ou exame, não acha? Se agora, enquanto visitamos esse complexo sistema composto pelas suas vísceras, pudéssemos também enxergar o que o senhor estava sentindo logo antes da operação, seus medos e seus vícios morais. A medicina pouparia tempo e dinheiro se enxergássemos os fatores emocionais de risco. Arrancar com a mão o estresse, suturar a ansiedade de um paciente, retirar a insubmissão como se elimina um apêndice, dar um fim ao cancro dos maus hábitos, extirpar os maus comportamentos. Viveríamos mais, viveríamos muito!

O futuro é operável.

— Afastadores.

Não quero voltar para casa.

— Tá olhando? Presta atenção.

Lá estão eles! O homem comum subjuga sua grandeza. Dá quase para dizer que eles são bonitos, os danados. Flácidos na medida certa, mas de caráter firme...

— Tão vendo a perfuração no intestino grosso? Era isso que a gente tava procurando. Aqui, ó.

A atendente do refeitório pergunta para a cozinha se eles ainda estão mandando o prato executivo.

— É que a esta hora da matina, não sei se vai ter, não.

Aumenta o volume da televisão enquanto espera a resposta; encara meu jaleco e mastiga um chiclete. Talvez não estejam fazendo o executivo para o público comum do hospital, eu gostaria de responder a ela. Acontece, no entanto, eu diria, que aos protagonistas se recomenda comer bem depois da função. Não digo, mas arrumo o colarinho branco. Não se pode mais dizer a verdade.

A cozinheira me observa pelo buraco por onde entrega as comidas para o salão, devolvo seu olhar com um tchauzinho, que ela ignora.

— Olha, dá pra fazer massa, se você quiser.

Nhoque com molho vermelho não era o prato com o qual eu queria forrar meu estômago depois de uma laparotomia, mas aceito para agarrar a fome que não me visitava fazia tempo.

— A chapa fica reservada pra outras coisas essa hora, doutora.

— Dá pra fazer aquele recheado com queijo?

— Dez minutos.

Mais um desses diálogos e eu desisto de comer. Se não querem me dar carne, pelo menos deem leite. Atendo o telefone sem olhar o visor porque só pode ser Helena, mas caio do cavalo ao escutar a voz de uma das minhas tias. Ela não espera eu terminar o primeiro suspiro antes de perguntar se berne dá cegueira, porque o tio Carlos quer saber. Respondo sem me estender no assunto, antes que ela resolva pedir emprego no hospital para a minha prima. Desligo a chamada e o celular, ela não vai me ligar de novo.

— Senhora! Senhora.

O cheiro doce do molho barato me acorda. Me acorda? Não sei se dormi sentada ou só me distraí. Parece que se passaram os dez minutos destinados ao preparo, não me lembro, se é que se passaram. Foram quinze, vinte, sete? Talvez eu tenha pregado os olhos e elas me acordaram, não sei, me esqueci. Previsão de tempo ensolarado na capital e as principais notícias desta semana no principal noticiário da principal emissora de televisão do país.

Não quero assistir, mas deixo a vista pousar na tela para evitar a troca de olhares com colegas que passam e viram o rosto na minha direção. Penso ter escutado "Estela", mas pode ser só o sono. A adrenalina da emergência desaba, derrubando com ela minha atenção. A vista seca não se detém nas imagens do televisor. O rabo de olho enxerga a R2 biscate, que ignora o enfermeiro pervertido, que manda uma piscadela asquerosa pra garçonete, que dá em cima de todos os médicos deste hospital, que tratam de pacientes, que nascem e adoecem, morrem e fedem, todos os dias.

O globo ocular seco, evito piscar para não chamar o sono, não lubrificar demais os colchões feitos de pálpebras, não lubrificar demais. No sapato, uma mancha de molho de tomate. Ou sangue? O importante é que esteja fresco. Peço um refrigerante.

— Qual o diâmetro da merda?

    — Um toroço.

    — Se fodeu?

    — Ele ou eu?

    — Ele.

    — Opa.

    — Veio a óbito?

    — Sim.

    — E você?

    — Tô vivo, palhaço, não contei ainda.

    — Vai se foder de todo jeito.

    — Não tanto quanto ele, espero.

    — Quer?

    — Tem mais?

    — Tem, aqui ó.

    — De vez em quando é bom.

    — Mesmo se não fosse…

    — O quê?

    — Bom.

    — É.

    — Mas é bom.

    — Tem lista de transmissão?

    — Tem, já te boto.

    — Onde ele tá agora?

    — O Paulo?

— É.

— Viarealli?

— Claro, porra.

— Na sala do trauma.

— Se prepara pra ser comido vivo.

Viarealli me aborda no conforto médico. Quer saber o que estou fazendo em pé parada na sala, olhando pela janela com a mochila pendurada nas costas. Deve ter algo a dizer além disso, mas fica ali perscrutando minha posição. Eu não sei responder à pergunta, então fico calada. Ele me entrega a ficha de um pós-operatório, pergunta se eu fiquei retardada, digo que não e então ele sai. A mão, do outro lado, demora a largar a maçaneta, decidindo deixar o conforto ou voltar com mais firmeza. Acompanho até que o trinco estale. Agora não tem mais ninguém aqui. Agora não tem. O tempo do diálogo faz o sol aparecer pela janela. Percebo a presença de outro residente no canto cochilando, do primeiro ano? É, R1, como eu. Me enganaram. Me enganei. Outra vez. Bom dia. Fim de turno, ou começo de um novo.

15/01

Hoje enfim uma laparotomia exploradora (lesão por arma branca).

Paciente levou facada durante dispersão de manifestação. Ele e os acompanhantes (todos filiados a um mesmo partido de oposição ao governo) contam que o sujeito foi atingido durante uma briga por divergências políticas e o agressor teve sucesso na fuga.

Houve lesão grave no intestino grosso, na veia mesentérica e três perfurações no intestino delgado. As perfurações nos intestinos foram suturadas e foi necessária colostomia. O procedimento levou surpreendentes seis horas (passou rápido).

Tratando-se de um paciente idoso (63 anos), a recuperação será lenta. Trabalharemos pela sua remissão. Permanecerá algumas semanas conosco, nas quais terá a oportunidade de se haver com suas convicções ideológicas.

Assistir aos gestos do dr. Viarealli durante as operações me ensina sobre a delicadeza necessária a um cirurgião. Mais do que isso, admirá-lo manipulando os órgãos do paciente me faz compreender que a sutileza não é eficaz sozinha, mas carece de tônus para operá-la. Tônus: que não é força nem habilidade, mas uma espécie de segurança misturada à rijeza, ou vigor, ou viço. Não sei. Sei que os dedos dele passeavam entremeando as vísceras e dançando pelo sangue sem macular nem um milímetro daquela massa volumosa e obesa. E eu vi não só seu manejo, mas também a sincronia que se estabelecia entre mãos e olhar, este a todo instante cravado no delineamento da ação. Eu vi sua atenção e, nela, o que ele faria dali a poucos segundos. Eu vi sua atenção. Vi também um corpo aberto, quase morto, disponível, entregue às mãos de um médico: a existência em si, fervilhando, em evidência. Operar a carne é enfiar as mãos na vida. Para gerar mais vida. A pulso firme e mão destra.

— Bom dia, Estela!

— Boa noite, dona Ana.

— Chegando ou saindo, minha filha?

— Chegando.

— Plantão?

— Foi.

— Quantas horas você fica lá no hospital?

— Dias.

— Que loucura é essa?

— E a senhora? Madruga pra estar aqui, agora, com bolo pronto em cima da mesa?

— Aliás, senta e come um pedaço.

— Obrigada.

— Só não deu tempo de esfriar, acabou de sair.

— Melhor ainda.

— Não faz mal, não? O povo diz que faz.

— O quê?

— Comer bolo quente.

— Não que eu saiba.

— E quem vai saber, se não for a doutora?

— Então não faz.

— Tá vendo?

— Sente a senhora também.

— Quem come em pé é cavalo, né, Estela?

— Dizem.

— Lá em casa, minha mãe nunca deixava, não, falava que fazia mal. Não sei se ela mentia ou era burra, mas qual a diferença?

— É comum isso.

— Do povo mentir e ser burro?

— Das pessoas não conhecerem a verdade.

— Tudo ignorante.

— Falta instrução.

— Falta escola.

— Falta educação, na verdade.

— Ninguém sabe nada, Estela...

— Tem café?

Ana aponta a térmica em cima da pia e eu busco minha xícara. Ela já passa com açúcar, eu vi, mistura na própria água, antes mesmo de ferver. É bom o café melado dela, mas não entendo o costume de tomar bebida quente em copo de vidro, lá em casa também se fazia isso, queima a mão e é pouco operacional. Minha mãe ainda achou ruim quando introduzi o moderníssimo advento da xícara de porcelana, foi uma das primeiras medidas que tomei assim que tive algum dinheiro. Voltei para casa no final de semana e levei algumas. Ela gostou, mas continuou usando o copo de vidro. A verdade é que precisamos nos emancipar dessa sujeira cultural cheia de costumes e crenças mantidos à força da inércia. Botar para funcionar o sistema excretor do país.

— Estela, o povo não sabe comer direito, não sabe ler, não sabe escrever, não sabe se cuidar, não sabe votar, minha filha...

— Político não presta.

— Aí acaba assim, que nem eu, trabalhando até morrer, limpando a sujeira dos outros.

— A senhora não gosta do trabalho aqui?

— Além de tudo, ainda vou ter que gostar?

— Eu também limpo a sujeira dos outros, dona Ana.

— Mas ganha muito melhor pra isso!

Mesmo sentada, comendo seu bolo, os olhos continuam trabalhando, ela observa os cantos sujos dessa cozinha que, como todo bem coletivo, é de todos e não é de ninguém. Acompanho seu farejo. Detecta o pó sobre os móveis, o capacho que precisa ser batido, faz uma careta quando encontra embaixo da pia um montinho indistinto de comida sedimentada. Dou risada e ela pergunta se eu vi a nojeira ali. Sim, sim. Uma bolota de comida encardida que se assemelha a um bolo fecal? Será que não se cansa de fazer a mesma receita toda semana? Ela comenta, arqueando o bico e respirando fundo, a falta de asseio das moradoras universitárias desta pensão. E pensar que são mulheres! Digo que, pela minha experiência médica, as mulheres podem ser até piores do que os homens.

— Isso pra você é janta ou café, menina?

— Nem eu sei.

— Por que você não sai daqui?

Ela pontua a frase, que começou enquanto ainda mastigava, terminando de engolir o bocado. Limpa a boca contra a pele da mão. Talvez eu tenha dado intimidade demais.

— Agora que tá ganhando que nem médica, aposto que tem dinheiro pra morar num lugar melhor, alugar um apartamento.

— Eu sou residente, na verdade.

— Que é isso?

— Algo entre um estudante e um médico de verdade.

— Nunca tinha ouvido falar.

— Sei.

— E vocês não ganham pra trabalhar?

— Pouco, ainda não compensa.

— É tipo estagiária?

— Melhor do que isso.

Ela inspira tão forte que quase soluça. Como forma de encerrar a conversa, levanta, indicando que vai voltar ao trabalho. É muito melhor do que isso.

— A senhora tem razão.

— Eu sei, minha filha.

Enquanto os corredores da pensão amanhecem, penso o quanto Ana é generosa, mas limitada. Burra não, ingênua, quase infantil. No caminho para o dormitório, escorrego numa poça d'água e quase caio. Deve ter chovido e, no hospital, não percebi. Se todas as moradoras resolvessem usar a cozinha ao mesmo tempo, não caberiam, nem uma em cima da outra. Dois andares de estudantes empilhadas.

Massa indistinta feita de gente carne de pessoa o que é? Calma o senhor já será atendido aqui mesmo no meu quarto. Perfuração golpe dilaceração azar porrada lesão laceração. Nada disso o prontuário está pronto? Nada disso o quê? Me escuta sangue vísceras tecido olha! Não consigo me mexer. Por que está mexendo nos meus livros se estamos no hospital senhor? E minha perna? Minha cabeça onde está? Não é permitida a entrada de homens na pensão! Ouviu? Onde estão meus dedos os seus? O senhor já será atendido! Nunca não pode desse jeito nenhum, entrarem homens, na minha casa, na pensão, não entram não, no hospital. Alguém por favor recolha os intestinos desse paciente? Enfermeira! Bote uma roupa além disso na casa da minha mãe. Alguém faça ele largar os prontuários meus cadernos minhas letras sujas de merda na mão dele? Alguém chame um médico.

Taquicardia e dispneia. Olhos abertos e. Um pesadelo, é. Este o diagnóstico: pe-sa-de-lo. Não delírio e muito menos realidade. Ele não está aqui. Aqui onde mesmo? Eu. Estou deitada na minha cama no meu quarto, na.

— Que horas são?

Como é bom piscar os olhos, levantar os braços também e mexer as pernas: abrir os dedos, a boca e as narinas. Mas a espinha contradiz o cérebro, maldita. Todo o corpo sente a presença dele. As costas se arrepiam feito antenas, ele. Escrivaninha, estantes, cadeira, geladeira. Tudo. Que dia é hoje? No. Mesmo. Lugar. De antes. Não há espaço muito mesmo neste... Mesmo nesse muito... Nesse muito espaço... Falta espaço nesse hospital, não, nesse quarto da, de pensão. Deve ter mesmo sido realmente o que foi.

E, no entanto, enquanto recupero os sentidos, percebo que a luz do banheiro está acesa. E, no entanto, se foi só um pesadelo, por que sinto como se ele tivesse ligado essa luz? Essa que eu não me lembro de ter precisado acender. Por que sinto como se ele ainda estivesse aqui? Nas minhas costas cheirando minha nuca esfregando a cara em mim, eu. Vou me levantar. Pôr os dois pés no chão e sentir a firmeza do solo da pensão. Levar meu corpo até o banheiro e verificar que está. Tudo. Muito. Bem. Conferir cada azulejo. Cada uma das minhas omoplatas. Cada um dos meus joelhos. Cada uma das minhas mãos. As minhas costas. Não tem ninguém aqui, muito menos um homem porque aqui eles não são permitidos. Na casa da minha mãe, não. Um pesadelo. Averiguar seus rastros. Só um sonho. Levantar e acordar, mas... o sonho quando desperta para onde vai?

Claro, branco, vazio e limpo. Não há nada neste banheiro, além do cheiro agradável dos produtos de limpeza. Só cansaço amargo e o toque seco da língua seca no palato seco, devo ter sede e devo ter fome. Organizar os demais sentimentos: separar fome de medo, torpor de sede, desorientação de cansaço, sargaço da noite.

Reconstituo então o pesadelo para mim mesma porque narrar é também uma forma de limpar a memória, ou seja, a própria história. Para devolver à mente a sanidade da sintaxe e da luz.

Você estava de costas: vasculhava minhas estantes, eu permanecia estática, pois não conseguia me mexer, eu era. Só um corpo sobre a maca, não, sobre a cama.

Tente outra vez: um idoso mexia nos livros e nos cadernos de Estela, um velho de aspecto nojento. Um idoso mexia nos meus pertences num ambiente que ora parecia ser o hospital, ora a casa da minha mãe, ora meu quarto nessa pensão. Na verdade, parecia ser ao mesmo tempo os três lugares. Esse idoso buscava por atendimento médico? Tudo indica que sim. Ele mexia nos cadernos de estudo e nos livros de Estela. O que procurava? Não está claro. Depois jogava tudo no chão e, sim, precisava de atendimento médico, claro. Em seguida, tudo o que eu tinha em cima da mesa e das estantes ele jogou no chão. No chão que agora está vazio e limpo. Assim está e estou acordada. Talvez ainda possa, ainda assim, valer a pena limpar, o quarto, os cantos, está precisando, é.

Os cabelos brancos contornavam uma auréola de padre bem demarcada pela calvície e os fios gotejavam. Por que os cabelos estavam molhados? Isso são memórias, não a realidade. O.k. A corcunda sinuosa desenhava um torso rechonchudo, em consonância áspera com a pele flácida, tanto quanto são flácidas as peles dos velhos. Ele parecia algo entre um sapo seco e um homem. As costas, parte mais rija daquela figura amarelada, era cravada de sardas, pintas pretas e vermelhas. Ressecamento cutâneo, alterações na pigmentação da epiderme, eczemas de aspecto crônico. Um velho doente, um velho velho. Eu chamava pelas enfermeiras para que o atendessem até que então ele se virou. De uma vez, o desgraçado. Ele se virou e mancou na minha direção como se acreditasse ser real! Estendeu os braços para mim feito quem toma uma criança no colo e eu vi. Sua barriga, eu vi suas tripas. A pança aberta e vazia, só os intestinos pendendo buraco afora e um vazio enorme. No lugar do resto do aparelho digestivo, nada: nenhum estômago, fígado, vesícula, baço... Quanto absurdo e quanta besteira. Os livros: vasculhava entre os de anatomia, fuçava os de fisiologia e não abria a boca. Queria encontrar seu corpo nas páginas? O pau. O membro quase não se distinguia dos intestinos, e talvez tivessem os dois se transformado num mesmo órgão excretor masculino. Intestino e pênis uma só cloaca: embaixo todo pendentes, em cima todo imiscuídos, um ninho de cobras e ao mesmo tempo de vermes. Amalgamados pau saco intestino pelos pele claudicavam na minha direção. Olhos em homenagem, boca em destilação. Os dedos quase afundavam na minha cara, o sangue escuro já sujava meus lençóis, as enfermeiras não vinham e eu acordei.

Tiro livro por livro das prateleiras. Tateio a capa, abro, cheiro as páginas. O que é isso na janela? A noite. Um por um: livros, lua, horas, memórias, os cadernos estão todos sujos e precisam ser limpos. Limpá-los dá às mãos o tempo de que elas precisavam para organizar ainda melhor a cabeça. Um pano com um fio d'água passo em cada capa e contracapa. O cheiro pútrido vem das páginas, cada palavra fede. Será que minhas colegas de pensão também se limpam? Fazem o asseio da casa e do corpo? Cultivam a saúde e a vida?

Está claro que ninguém passou por aqui enquanto eu dormia. Mas observo que eu mesma mexi nas minhas coisas quando cheguei, encenando um movimento de estudo, claro. Mesmo atipicamente cansada depois do plantão, vinte e quatro ou quarenta e oito horas? Talvez por hábito organizei a mesa para estudar: o caderno de anotações ao lado direito, o *Manual de Gastroenterologia e Hepatologia* à esquerda, acima e à mão o estojo, ao lado do estojo um copo vazio, sem água. É provável que tenha tentado ler e não tenha conseguido, mas isso pode ser culpa da ritalina dosada a menos.

Está bem, dormi tentando estudar, foi isso. São eventualidades que acometem até os mais comprometidos, e mesmo descansar, de maneira comedida, pode beneficiar a produtividade e aumentar o rendimento. Sei que esses anos de residência são cruciais para que eu me torne uma médica de excelência e que a enfermidade não espera meu descanso para aparecer. O adoecimento não admite condescendência. O paciente precisará ser atendido segundo a demanda do seu organismo, que se comunica exclusivamente com os médicos, os únicos que podem compreender sua linguagem. É a nós que o corpo enfermo fala, nós é que devemos saber interpretá-lo e agir conforme nossa compreensão, não o leigo, e somente o estudo nos diferencia deles. Dona Ana toma seu café com calma, minha tia dorme oito horas por noite, Helena descansa até demais. Mas meu sacrifício é o bem do mundo.

Alguém bate à porta.

— Até que enfim.

— Você. Claro.

— E quem poderia ser?

— Ninguém.

— Tô tentando te achar faz tempo, vim aqui várias vezes.

— Tava trabalhando. No hospital.

— Não me diga.

— Por que não mandou mensagem?

— Precisava falar com você ao vivo.

— Pra quê?

— Vamos ter que ficar conversando na porta mesmo? Com licença.

— Como se eu precisasse autorizar sua entrada.

— O que tá acontecendo aqui? Tá fazendo faxina?

— É, mais ou menos.

— O tamanho dessas olheiras, Estela!

— Tudo bem, Helena?

— Limpando esses livros de novo?

— Quer alguma coisa? Uma água?

— Geladeira vazia dessas, só posso querer uma água mesmo.

— Quem disse que minha geladeira tá vazia?

— Abre pra eu ver.

— Eu não gosto de cozinhar.

— Passar uma manteiga num pão não é gastronomia, só coordenação motora.

— Eu não como em casa.

— Nem dorme, nem descansa, nem se exercita.

— Daqui a pouco eu saio pra pegar alguma coisa. Que horas são?

— Sete.

— Que dia é hoje?

— Como é?

— Mudando de assunto: e seus velhos? Já parou com isso?

— Como pode uma médica que não cuida da própria saúde?

— Se você soubesse...

— Do quê?

— Você veio pra isso?

— Não.

— Então fala... o que aconteceu?

— O que vai acontecer...

— Fala.

— Eu vou me mudar.

— Fico feliz.

— Não fica não.

— Como assim?

— O que você quer mesmo é que eu fique aqui, né? Assim ó, vem cá, do seu lado.

— Solta.

— O ser humano é desse jeitinho.

— Como?

— Egoísta, eu também sou.

— Fale por você então.

— Pelo menos você é minha egoísta de estimação.

— Tira a mão daí.

— Vou mijar.

— Então fecha a porta, né?

— Tá com medo de me ver pelada?

— Só fecha.

— Vou ter que gritar daqui de dentro pra você ouvir.

— Só eu preciso ouvir, viu? Não precisa gritar pra pensão inteira.

— Vem pra perto de mim.

— No banheiro?

— Não, morar perto de mim!

— Ah...

— Esse muquifo... apertado, barulhento, cheio de adolescente.

— Fala mais baixo!

— Aluguei um apartamento lá no centro.

— No centro?

— Não quer que eu veja pra você no mesmo prédio?

— Meio longe.

— É até perto do hospital.

— Eu não gosto daquela região, Helena, tem sempre uma manifestação, tá cheio de usuário na rua, é perigoso, sujo.

— Você é melhor quando não fala desses assuntos.

— Você também.

— Não é grande coisa, na verdade: um quarto, uma sala e uma cozinha. Tudo apertadinho, mas pelo menos vou morar numa casa de verdade, não num dormitório.

— Quem diria que você ia conseguir tanta coisa fazendo o que faz.

— Eu diria.

— Não fosse o dinheiro também...

— Sabe, Estela, só de pensar em voltar pra cá, me dá ânsia.

— Você nem foi embora.

— Tô faz tempo demais nesse fim de mundo úmido, e você também.

— Já entendi.

Ouço a descarga, seguida de uns pigarros artísticos: Helena volta do seu camarim, ajustando os peitos na blusa. Um mamilo quase foge, ela percebe e deixa.

— Acabou seu fio dental, usei o restinho.

Seus dedos se demoram pelas capas e lombadas dos livros, guardo os cadernos dentro da gaveta, antes que ela bisbilhote onde não deve. Os chinelos velhos destoam das francesinhas combinadas nas unhas do pé e da mão. Helena tem dedos simpáticos, mas a pele envelheceu rápido demais nos últimos anos, dado o abuso de cigarro e álcool. Não adianta dizer.

— Você gosta, né, nerdinha?

— Como?

— Você gosta desse lugar.

— Tanto faz.

— Não te entendo.

— Quando você muda?

— Neste final de semana.

— Na verdade, não me importa gostar daqui ou não gostar.

— Foi tudo muito rápido.

— Sei.

— Queria entender por que você gosta desse lugar...

— É mais fácil.

— Não tem nada aqui.

— Tem tudo que eu preciso.

Ela se escora na minha mesinha, projetando a barriga para a frente feito uma menina.

— Vou sentir sua falta, Estela.

— Eu ainda não morri, Helena.

— Tem certeza?

— Não.

— Só não te chamo pra morar comigo porque minha família... Você sabe, preciso de pelo menos uma sala pra jogar as tralhas deles.

— Não se preocupe comigo.

— Tá com fome?

— Às vezes, acho que você lê minha mente.

— Eu leio.

— Todas ou só a minha?

— A sua é meio difícil de ler, mas eu sou boa nisso.

— Você come comigo?

— Não posso.

— Comer?

— Eu tenho um jantar.

— Com quem?

— Ué.

— Qual é o de hoje? O barrigudo, o careca ou o barrigudo careca?

— O combo: velho, barrigudo e careca. Eu na verdade tô só com ele agora, acabei dispensando os outros.

— Ele te pediu pra fazer isso?

— É. Perguntou quanto eu recebia dos outros, quais presentes eles me davam e disse que ia bancar tudo sozinho, se eu ficasse só com ele.

— Assim fica mais fácil alugar um apartamento mesmo.

— Ele vai mobiliar pra mim. Talvez me dê um carro de presente de Natal.

— Onde vocês vão jantar?

— Só sei que a coisa vai ser fina, preciso poupar meu estômago pra caber bastante *petit gâteau*.

— Chique.

— Nessas horas, finjo que não falo inglês.

— Que careta é essa?

— A gente acha que esse povo rico é inteligente, Estela, mas essas conversas de negócio são quase todas medíocres. Eles mencionam números o mais rápido possível e no resto do tempo falam sobre a bunda da garçonete, genéricos de viagra e jogadores de futebol. Isso quando não gastam saliva reclamando da frigidez das esposas, que eles deixam em casa comendo paçoca, enquanto as amantes perdem os dentes em chocolate belga.

— Você não é amante.

— Sempre tem um cunhado viado que vira alvo do veneno mofado deles. Velho adora falar mal de bicha.

— Será que os homossexuais também gostam de falar mal dos velhos?

— Homossexuais?

— Não é assim o certo?

— É.

— E você? Como é mesmo que eu devo chamar agora o que você faz?

— *Sugar baby* se diz hoje em dia. A mesma coisa que as acompanhantes, mas esse povo de empresa adora botar nome em inglês nas coisas.

— Você não acha ridículo ser chamada de bebê?

— Eu acho ridículo continuar morando nessa pensão, mesmo com salário de médica.

— Eu sou residente num hospital público e ganho um trocado por isso.

— Sei.

— Você não precisa deles pra sair daqui.

— Pela minha independência, meu bem, eu aceito depender de quem for.

— São eles que dependem de você.

— Bota uma roupa, vamos lá comer.

— Obrigada.

Iª

Quando nos conhecemos, eu morava aqui havia cinco anos. Lembra? A sensação que tenho, no entanto, é a de que cheguei quando você chegou. Dos anos anteriores, as memórias são pouco vívidas e se resumem aos estudos do período de graduação. Guardo apenas as lembranças instrumentais que me permitem hoje atuar, memórias-bisturi.

Sei que nos primeiros anos desta cidade, ainda sem você, me enfurnei em outros quartos como este, encarando os livros e tentando tirar deles o que eu precisava. Sei que morei em muquifos ainda piores do que este e me mudava de um lugar para o outro só quando as condições de umidade se tornavam insuportáveis. Sei também que minha única prioridade, até então, era a proximidade em relação à sala de aula. Sei que as mudanças de uma pensão para outra apenas maquiavam minha falta de ambientação à metrópole. Por fim, sei que você estava no segundo ano da graduação e eu no último, apesar de termos a mesma idade. Mas tanto do que eu sei não precisa ser dito aqui, outro tanto não merece.

Eram duas da manhã. Botei a cara para fora do quarto porque os gritos de prazer da vizinha inviabilizavam minha concentração, queria ter a coragem de reclamar, mas para isso teria que chegar perto deles, daquele quarto. Não ouvi sua entrada no corredor e me assustei com sua imagem caminhando na minha direção. Você parou à porta que gemia e sorriu. Não precisou encostar o ouvido no metal frio para entender de onde vinha o barulho, os buracos de ventilação na porta de aço se prestaram a esse serviço.

Você tentou chamar a menina em voz baixa, preocupada em não acordar as outras que se permitiam dormir, apesar do prazer alheio. Enquanto ouvia os gritos do casal, mordia os dedos para segurar a risada. O que para você era cômico, para mim eram interferências insuportáveis na sintonia algébrica dos meus estudos. Não suporto gente que se faz de bicho, e o contrário também é verdadeiro. Nem bicho de estimação nem homem selvagem prestam.

Eu não sabia se você me via, se via minha observação, mas tentava preservar o anonimato, assistindo a tudo pela frestinha tímida da porta. Hoje, conhecendo seu apreço por uma plateia, acredito que minha audiência naquele dia só tornava seu espetáculo mais divertido. Uma hora não teve mais jeito, você bateu na porta com força para acordar o casal de dentro do seu calor. Aquela mulher pendurada à expectativa, se divertindo com a intimidade alheia, era e não era você.

Eu tinha acabado de comprar um ventilador silencioso, preocupada com a boa convivência com a vizinhança e as possíveis represálias da dona da pensão, mas a garota não parecia se importar sequer com ela mesma. Sempre me incomodei com a falta de incômodo alheia, mas você tinha uma preocupação legítima com a permanência daquela estudante de artes cênicas no pensionato.

Então ela abriu a porta, enrolada num lençol com temas infantis. Diante daquele meio metro de dreadlocks envergonhados, escondidos debaixo de desenhos da Disney, você não segurou a risada; disse para ela que tomasse cuidado, que todas nós às vezes trazíamos um ou outro para lá (escondido, claro), mas era melhor gemer mais baixo, se não quisesse acabar se fodendo de outras maneiras: "Sexo é terminantemente proibido aqui, a não ser em silêncio". Uma piscadela selou o contrato estabelecido entre vocês duas: você tratou de esconder as peripécias da atriz até quando foi possível sua permanência, mas estava já evidente que, dado seu excesso de libido e falta de cumprimento às regras, ela acabaria expulsa.

Quando você passou, me dei conta da minha condição de tartaruga curiosa e quis puxar o pescoço para dentro do casco, mas não deu tempo. Você intercedeu em prol da minha timidez e, para esfriar meu rosto vermelho, disse que era amiga da dona da pensão e que, se eu precisasse de alguma coisa, era só bater. Não me perguntou por que eu estava acordada tão tarde, mas espiou os livros sobre a cama e se deu conta do tipo que eu fazia. Nada de novo sob a luz fluorescente da pensão: eu era uma estudante que estudava.

O que mais me impressionou não foram os gritos da vizinha ou sua desenvoltura cênica, mas a noite de sono inédita que resultou da nossa breve troca de palavras.

Nesse dia, teve início sua educação pelo sono.

Ouço no ônibus alguém comentar alguma estupidez leiga sobre o tratamento de câncer de mama. Ponho os fones de ouvido para tentar me isolar da idiotice do povo. O cobrador, que já me viu de jaleco alguma vez, balança o braço na minha direção. Ignoro e ele insiste até que eu não tenha outra saída além de dar atenção ao sujeito. Tiro o fone e ele pergunta se é verdade que gengibre dissolve pedra no rim. Não consigo compreender como em tão pouco tempo duas pessoas conseguiram errar com tanta veemência em dois assuntos de tanta relevância. Digo que não e volto a ouvir o podcast.

2ª

Na sexta série, minha mãe percebeu que eu tinha ganhado firmeza nas letras, certa riqueza no vocabulário e até gosto pelo discurso, então me pediu que eu escrevesse suas cartas no lugar dela. Eu me dedicava a estudar, por incentivo dela, que acreditava caber-me um futuro mais letrado. Então, a essa altura já se achava que eu escrevia melhor do que minha mãe e minha tia. Como nenhuma das duas teve acesso à escola, acho que era mesmo verdade. Vítimas do atraso do nosso país, conquistaram mais do que se poderia imaginar de uma família como a delas, a nossa.

Com alguma periodicidade, ela me sentava na mesa da cozinha, aquela única que tínhamos, e relatava o conteúdo ao qual eu deveria dar forma. Queria contar para os parentes quase sempre a mesma coisa: era mesmo muito bom lá em Eldorado, a cidade para onde ela e minha tia tinham se mudado. De fato, minha cidade é maior do que o interior do interior de onde elas vieram, mas não tem a beleza nem o civismo que ela enxergava na época, ou pelo menos dizia aos parentes que enxergava. Seja como for, eu gostava de enriquecer as descrições que ela fazia da sua vida com adjetivos que tinha aprendido na escola e nos livros, falar dos costumes dos homens, do dinheiro circulando através de trabalho honesto, das horas do dia que passavam mais lentas sem ter o que colher na roça. Peguei gosto pela escrita de cartas, mas nunca contei isso. Era comum na época em que éramos crianças. Você já enviou alguma?

Houve vezes que ela mandou dinheiro para os parentes dentro do envelope, apesar de ter pouco ela mesma; mandou também sementes e até outros objetos pelos correios. Penso se deveria te enviar alguma coisa junto dessas palavras, já que agora você vai para longe. Com muita frequência, talvez todas as vezes, ela sugeria que os irmãos a acompanhassem e viessem viver uma vida melhor na cidade. Será que ela mentia? Talvez não estivesse assim tão bem, sentisse muita falta da vida da roça, como ela mesma nomeava, e as cartas fingissem uma bonança incondizente com a realidade. Porque a doçura com que ela envolvia aquelas palavras eu não encontrava nos seus braços resistentes, pragmáticos e cheios de disposição.

Em vez de esperar cartas que nunca chegarão endereçadas lá do centro para o interior que é essa pensão, te escrevo as minhas. Não para que você volte, mas para emprestar o olhar da minha mãe a fim de ver o que ficou da partida. Apesar das saudades. Mesmo que eu nunca as entregue.

P.S.: Eu sei que o centro não é outra cidade, mas é muito mais longe do que o quarto no fim do corredor.

— Opa, que raridade encontrar vocês aqui.

— Acordados, você quer dizer.

— E trabalhando!

— Médicos na sala do conforto dos médicos, realmente surpreendente.

— Os R+ vão dar um churrasco na casa deles, tão sabendo?

— Mandaram a gente convidar vocês.

— Eles moram juntos?

— Claro que não.

— Na casa de um deles.

— Vocês ficaram sabendo?

— Não.

— Vou mandar mensagem no grupo passando o endereço.

— Que horas?

— Tenho que vazar, valeu.

— Falou.

— Acho que umas quatro.

— É pra levar o quê?

— Eu não como carne.

— Desde quando?

— Desde que comecei a residência neste inferno que vocês chamam de hospital.

— Leva o que você for comer, beber, sei lá.

— Tem que perguntar pra eles.

— Eu dou plantão.

— Por quê?

— Ah, cara, é muito parecido.

— Parecido?

— Escuta, você precisa dar um pulo lá na enfermaria.

— Mas eu tô na minha hora de almoço.

— Parecido, ué.

— Residente não tem hora de almoço, caralho.

— Se eu tô dizendo pra você ir, é melhor você ir.

— O que é parecido com quê? Não tô entendendo.

— Carne de vaca com carne de gente.

— Porra, que nojo.

— Já eu, que antes tinha nojinho de algumas coisas, passei a comer tudo: fígado, intestino, rim.

— Isso aí também não é normal.

— Tudo carne, ué.

— Pelo menos ele sabe o que tá recebendo no prato.

— Não troca mais lebre por gato!

— Ah, por favor.

— Não dá pra ter medo assim dessas coisas e querer ser cirurgiã, viu?

— Também acho.

— Não é medo.

— Claro que é.

— Só não preciso comer aquilo com que trabalho.

— Há quem discorde...

— Você não é açougueira, menina.

— Também não sou menina.

— Será que não é mesmo?

— Quem leva o bisturi pra cortar a picanha?

17/01

Mais uma apendicectomia laparoscópica. Única observação relevante de nota é a idade da paciente. Procedimento simples, mas foi necessário dobrar os cuidados por se tratar de uma criança. Tudo é menor e grita cuidados no corpo infantil.

Não houve obstrução, foi possível realizar por laparoscopia, mas como são pequenos os órgãos, e aquela barriguinha, nem pelos a menina tinha. A vantagem é ser tudo lisinho por dentro, muito limpo, isso facilita o procedimento, auxilia a visão. Tão diferente do corpo de um adulto, que é volumoso, cheio de históricos, vincos, cicatrizes, sujeira, principalmente a gordura, que atrapalha muito... Não respiramos até acabar.

Dessa vez, manipulei sozinha a sutura. Depois de ter feito o diagnóstico de apendicite na emergência, houve o convite para que eu atuasse no procedimento (dentro das minhas competências como R1, claro). Talvez não tenha sido um convite, mas uma intimação.

Observando o corpo da criança sobre a maca, imaginei como seria se por um acaso ela viesse a óbito. Se fosse eu a encarregada de comunicar sua morte aos pais. Como será enterrar tamanho caixãozinho?

O que ela quer desfilando com esse decote a essa hora da manhã?

— Bom dia, Jéssica. Estela.

Esse tipo de comportamento não combina com a postura de um médico. Ainda que o jaleco esconda um pouco seu pedaço de carne, a discrição do fardamento não é suficiente para sobrepor sua indiscrição moral.

— Vocês estão bem, meninas?

Deve vir daí a ideia de que, nós, mulheres, não seguramos uma postura adequada para exercer a profissão com dignidade, de gente como ela. Esse colo à mostra nos animaliza, justifica que se use adjetivos como "vaca" para falar de mulheres.

— Vou esperar os outros chegarem pra começarmos.

Comportamentos como esse me fazem acreditar que talvez existam pessoas despossuídas da retidão exigida pela profissão. Todo mundo sabe, todo mundo olha para ela sabendo, por que ninguém avisa? O que você quer com isso, doutora? Enfiar seus peitos na cara dos doentes purulentos? Na cara deles, na cara do dr. Viarealli, na minha cara? O único corpo que importa aqui é o do paciente, não o nosso. Entendeu?

— Todo mundo aqui?

— Acho que sim, doutor.

A falta de decência vem de dentro. Vem da maneira como ela se comporta. O jeito como ela cruza as pernas na cadeira, a forma como mordisca a tampa da caneta, o olhar vindo de baixo se esgueirando e que então aterrissa totalmente aberto, os fios de cabelo caídos na testa e como ela os afasta com a mesma caneta que estava mordendo, cheia de baba, cheia de... se ela fosse enfermeira, pelo menos ganhava um papel num filme pornô, mas isso não é atitude de... Não dá pra se concentrar no que ela diz com esse decote, entender o que ela fala, esses dentes.

— Estela.

— Sim, doutor.

— Leito 108.

— Visitei hoje. Estável.

— A respiração?

— Eupneica.

Nós, mulheres que desejamos ser médicos, precisamos ter uma postura exemplar, pois nossa condição sexual por si só já nos vulnerabiliza. Nosso ambiente deve ser ascético, limpo, de preferência branco. Limpar quantas vezes for preciso a roupa, a casa, o corpo.

— Início da dieta líquida pode ocorrer amanhã, às duas da tarde.

— Já indiquei dieta, doutor.

— Você tem certeza do que tá dizendo, Estela?

— Sim.

— Leito 108?

— Exatamente.

— Por acaso você quer matar o sujeito, residente?

— De jeito nenhum.

A cara dela. O jeito que ela olha para ele.

— Quer que o intestino dele exploda?

— Não, doutor.

— Tem certeza?

— Desculpe.

— Desculpe? Você me faz uma bosta fenomenal dessas e pede desculpas? O que eu faço com suas desculpas? Insiro pelo reto do paciente, talvez? Ou quem sabe você esteja querendo foder seu preceptor aqui?

Tenho certeza de que ela derrubou a caneta no chão de propósito. Que ela tem essa postura assim tão rígida, tão ereta de propósito. Quer chamar a atenção, quer fazer com que os outros fiquem morrendo de curiosidade para saber quantos mililitros ela botou em cada mama; quantas vezes por semana vai à academia; com quantos homens ela fode ao mesmo tempo; quantas vezes por mês ela dá; se escapa de vez em quando até o banheiro para se aliviar, alguém assim não deve se aguentar dentro das próprias roupas, ah, não aguenta. Para quem será que ela já abriu as pernas aqui nessa sala? Para quantas pessoas na vida? Com quantos anos ela perdeu a virgindade? O bico do peito. Enorme, gordo, saltando na camisa. Cuidado, hein? Pode acabar te cegando.

— Olha, eu realmente desejo que esse paciente tenha muita sorte, residente, porque se a porra da alimentação vaza na barriga dele e se espalha, além de você dar trabalho pra toda a equipe médica, o que vai me deixar muito puto, a chance dele embarcar é enorme: o que vai deixar a família dele muito puta. Você não ficaria tristinha no lugar da filha dele, hein? Se seu papai morresse por conta da residente imbecil que deu orientações erradas pra equipe?

Eu não tenho pai.

— Acho que sim, doutor.

— Agora imagine você o quanto um negócio desses pode foder a carreira da medicazinha que nem sequer terminou a residência. Imaginou?

— Sim.

— O cara se acidenta, a gente arreganha a barriga dele inteira, ele sobrevive ao acaso, à cirurgia, a uma parada cardíaca, mas morre por conta de uma sopa. Engraçado, né?

— Não, doutor.

— Você não acha essa uma atitude estúpida? Você não se sente um pouco retardada aqui, na frente dos seus colegas?

— Sim, sem dúvida.

Prende esse cabelo, ajeita essas pernas, cruza direito, desce essa saia, sobe essa blusa, arruma esse sapato. Toma jeito, toma. Mulherzinha.

— A única coisa que o residente em cirurgia tem que fazer no primeiro ano é cuidar dos pacientes no seu pré e pós-operatório. Já te contaram isso, Rr?

— Contaram.

— Preciso dar mais uma aula sobre suas competências? Responde pra eu saber se você tá ouvindo.

— Não precisa.

— Então, se você não conseguir fazer nem o mínimo, não tem mais nenhuma outra tarefa que eu possa te dar. Você é capaz de entender isso?

— Sim.

— E que sirva de exemplo pro resto: a única responsabilidade de vocês é lamber ferida.

Que vagabunda.

Visito o leito da pacientezinha pós-apendicectomia. A mãe alisa o cabelo dela enquanto observa seu sono. Ligo a luz branca para poder examinar direito. Converso com a responsável sobre a importância dos cuidados no pós-operatório e ela anota tudo no verso da folha do receituário. Não acordo a menina, mas lambo suas feridas. Mesmo que ela estivesse desperta, eu não saberia como me dirigir a uma criança. Para isso existem os pediatras. Estou quase terminando de passar as instruções e o pai aparece com um café na mão. Faz com que eu repita tudo o que acabei de dizer para sua esposa, mesmo com desincentivos da parte dela. Tem uma série de perguntas longas e detalhadas na manga, a maior parte irrelevante. Tento cortar sua verborragia, sua mulher parece envergonhada, ele não. Corto. Não me fez falta ter um sujeito desses na vida.

18/01

A cara da morte depende do rosto de quem morre, essa é a verdade.

Também depende da trajetória do finado. Quero dizer que nem todos são vítimas dela: há os que caminham em direção ao fim e os que são atingidos por ele. Cada um destes se encontra em posição diametralmente oposta na escala do finamento. Estas não são mais do que constatações.

Vejamos: quando morre uma criança, é como se congelassem uma vida. Trata-se de uma interrupção da existência num estágio em que não deveria haver sequer sinais de perecimento. O corpo infantil deve crescer e se desenvolver a cada segundo, ao contrário do adulto, que a cada segundo se exaure.

Da única vez que vi o cadáver de uma criança, ainda no período de internato, fiquei com a impressão de que o corpo voltaria à vida a qualquer momento. Mesmo sendo um cadáver judiado, com marcas de violência e os dentes podres, mesmo sendo uma criança sem futuro que nasceu para morrer, sua morte parecia impertinente, desatinada. Pais negligentes, pobres, adictos, como ocorre tanto neste país. Gente que desistiu de viver, mas insiste em procriar, não sei para quê.

No hospital, entendi que o definhamento exige aprendizado. A certa idade, e acho que me encontro no momento exato em que dizer isso faz sentido, percebemos os sinais de um corpo que começa a envelhecer. Nessa fase, entre vinte e cinco e trinta e cinco anos, já não somos mais o que éramos antes porque somos piores, porque o joelho, os dentes e as articulações se desgastaram; porque as dores de cabeça se tornaram suscetíveis a todo tipo de estímulo externo e interno; porque a pele perde um pouco do seu brilho. No entanto, os danos ainda são bastante contornáveis nessa fase. É possível melhorar a qualidade do sono, cuidar dos joelhos e das costas, inserir na rotina alguns medicamentos que ajudem a viver melhor, bem como hábitos alimentares saudáveis. Nos melhores casos, o momento é caracterizado por um acesso de prudência da parte dos negligentes: começar uma academia, beber menos, parar de fumar, emagrecer os quilos ganhos na esbórnia do período universitário, dentre outros paliativos. É até possível rejuvenescer de verdade, então não é tarde demais, mesmo para os que abusaram da saúde. Quero dizer, mesmo os imorais encontram meios de se cuidar quando têm piedade do próprio corpo, um templo, como se diz. Que a lição seja dada, ou melhor, aprendida: caminhamos todos em direção ao fim e não há vias de retorno, apenas atalhos.

Há quem procure esses paliativos com fé, acreditando mesmo quase enganar a morte, pessoas de perfil arrogante e vaidoso, eu diria; sobretudo quando entendem que o término da linha da vida está mais próximo do que o começo: me refiro aos homens da chamada "meia-idade".

Morrer adulto é ainda uma interrupção, sem dúvida triste, como sempre, porém mais compreensível do que o luto pela criança. Quando morre a criança, parece que arrancaram um pedaço daquilo que ainda não estava pronto, fica uma mesa sem tampo, uma girafa sem cabeça. Ver uma criança morta é olhar para o inacabado, alguém que não foi um nem sequer virá a ser. "Com certeza ela seria uma pessoa incrível", dizem os tios. "Ia fazer a diferença no mundo", pensam os irmãos. Ninguém imagina essa mesma belezinha trancada no banheiro de um hospital escrevendo num caderno de anotações, enquanto foge da interação com os colegas na hora do almoço.

A morte no adulto é uma lástima porque a vida foi ceifada quando o indivíduo era aquilo mesmo que deveria ser, quando tinha chegado à sua melhor forma. E quem determina isso? O corpo, a cara, o rosto, as feições, os gestos. É lá onde vemos. Na pele, na superfície. Não são o percurso, o currículo, as bondades e maldades que falam pelo homem, mas a matéria. Vemos na cara do sujeito o firmamento da criação divina. Por isso também nas feições e na compleição física vemos as doenças, os desvios, a falta de saúde, as síndromes e deficiências. As enfermidades se anunciam.

Por fim, a morte do velho, derradeira, adequada, às vezes até feliz, a vida cumpriu-se, foi possível ser o que deveria, ou melhor, foi-se o que era possível. Enxergamos no semblante do idoso o tempo. Vemos na sua matéria o preparo para o perecimento, um corpo que soube que chegava a hora, cada articulação, cada extremidade, cada artéria, cada poro e ruga avisou com antecedência, sinalizou o esgotamento para o recheio que habitava a carcaça. A morte educa para sua chegada, isso é certo. Cabe a cada um escutar os sinais. E encaminhá-los para tradução médica, é claro.

— Fuligem.

— Como assim, dona Ana?

— Sujeira de fogo.

— De onde?

— Das queimadas, minha filha.

— Aqui? Na cidade?

— Não, lá no Norte.

— Como assim?

— Foi tanta árvore que veio bater aqui os restos do incêndio.

— Não era queimada?

— E qual a diferença?

— Não sei, a senhora que tá dizendo.

— Queimada acho que é de propósito...

— Como essa fuligem veio parar aqui, então?

— Pelo ar, né?

— Invencionice.

— E vai ser o que então? Se não for isso.

— Invencionice mesmo...

— Para de ser desconfiada, minha filha.

— Melhor ser assim.

— Deu até notícia, ó.

— Não foi por isso que eu vim te procurar, na verdade.

— Tá vendo aqui? Tá dizendo, queimada.

— Vim perguntar como a senhora limpa a geladeira.

— Vou te mandar até os links.

— Não pode mais confiar na imprensa hoje em dia.

— Vamos pegar um copo d'água comigo lá na cozinha?

— Que tipo de produto é melhor?

— Quer também?

— Obrigada.

— Você não tá querendo limpar por cima da minha limpeza, não, né, Estela? Já limpei a geladeira da cozinha muito bem essa semana.

— De jeito nenhum, é a do meu quarto que tá suja.

— Se tiver uma sujeira mais incrustada, aí tem que ver.

— Não, não é pra tanto.

— Então usa esse produto aqui, vem cá, e pano daquele tipo ali, tá vendo?

— Tá certo, obrigada.

— Quer emprestado?

— Prefiro comprar mesmo.

— Depois só devolver aqui de novo, onde você achou.

— Não, é melhor ter.

— Volta aqui.

— Sim…

— Olha minha mão. Tá vendo?

— O quê?

— Toda preta de sujeira do céu.

Chegar em casa e ter apenas dois cômodos com os quais lidar é satisfatório. Aqui, tudo é simples e bom, suficiente na justa medida. O excesso, sabemos, é sempre prejudicial. Aliás, toda enfermidade é, no limite, uma manifestação do exagero. Banheiro, quarto-sala-cozinha. Tenho o que é preciso para dormir e o espaço necessário para estudar. Cárdia, fundo, corpo e piloro: qualquer coisa além ou aquém disso e o estômago fica disfuncional. A funcionalidade é o que permite a operacionalidade das intervenções. Ou algo assim... A carência é um exagero ao contrário, é isso. Não preciso ir embora daqui.

A cama está como deixei. Talvez pudesse ter alinhado melhor a parte de baixo. Assim fica mais agradável de se conviver com o espaço. A roupa, mesmo suja, deve ser dobrada. Pronto. Agora essa roupa aguarda, no cesto, a nova saída à lavanderia. Colocar ao lado da cabeceira uma garrafa d'água, caso eu acorde com sede, assim não preciso me levantar. Os dentes: escovados; o corpo: limpo; o pijama: tratado com amaciante neutro. Ajeito outra vez o edredom prendendo-o ao colchão para que não se solte enquanto durmo, estico o travesseiro. Assim que terminar de limpar, estudar; assim que terminar de estudar, me deitar; assim que terminar de me deitar, acionar o despertador e dormir; hoje, terei cinco horas de sono.

A limpeza exige muito menos num dormitório de vinte metros quadrados. Só uma pequena geladeira para limpar; dentro dela, água e alguns isotônicos; em cima, barras de cereal e chocolates. Deus me livre morar naquelas casas enormes, cheias de móveis, objetos de decoração, pessoas e animais. Bicho dentro de casa, aliás, nunca entendi, um hábito infantil que não se apoia nas necessidades reais de um adulto produtivo. Mania de se divertir toda hora.

Se todos soubessem o quanto é delicioso entrar numa sala branca recém-limpa e muito bem iluminada; encontrar ali os médicos paramentados, o paciente devidamente sedado, entubado, pronto para receber nossas falanges nas suas costelas, nossas lâminas na sua pele, nossos dentes, não, o quanto é recompensador poder sentir as vísceras de alguém com a unha, retirar um tumor e depois costurar a parede dos órgãos, é melhor do que tomar água com sede, melhor do que comer com fome, melhor do que esvaziar a bexiga, os intestinos, mas que porra de barata de merda, vem aqui, desgraçada. Essa pensão precisa ser dedetizada! Retiro os detritos do bicho com papel higiênico e jogo tudo pela privada, vou ter que limpar o chão de novo.

Não preciso de nada.

Quanto mais espaço eu tiver, com mais espaço vou ter que lidar. Muitas moradoras são assim, vêm aqui para dormir, estudar, levantar, trabalhar, estudar… Seguir com a vida, quase nunca estar aqui, nessa espelunca é possível fazer isso, é possível quase nunca estar aqui. E elas são jovens, claro que são, mais do que eu, sim, tudo bem; às vezes escuto quando chegam de madrugada, bêbadas, às vezes sinto um cheiro de maconha, outro de cigarro, mas logo alguém as repreende e aí o vazio, o silêncio fica ainda mais limpo e a luz, mais branca. Não pensar em cozinhar, nem ter uma televisão para ligar, uma mesa para receber convidados, nunca trazer ninguém aqui, principalmente homens, e ouvir os saltos delas no corredor, chegando e saindo da pensão.

5ª

Quando te conheci, você não tratou do assunto logo de cara nem eu procurei investigar sua vida. De fato, não é o tipo de informação que você compartilha com todo mundo. Não por vergonha, mas para evitar que metam o nariz nas suas pernas. Me pergunto se foi minha falta de curiosidade justamente o que permitiu nossa relação. Não é preciso se esconder de quem não procura, afinal.

Mais íntima de dona Ana do que de mim, na época, você levou uns bons cafés coados para diferenciar seu ofício daquele de uma "mulher da vida". "É melhor fazer jus à confiança que eu tô te dando, doutora", você dizia, enquanto lavava louça. Ana ria das suas histórias e repetia: "Ela tem bom coração". Vocês e ela, aliás, carregam uma mesma língua afiada.

Descobri, na cozinha do pensionato, que você construía seu percurso acadêmico com esforço. Circulávamos por áreas bastante distantes entre si na universidade, tanto na geografia do campus quanto na do conhecimento, mas seus relatos me mostravam uma cabeça aspiracional que eu não via nem nos meus colegas médicos. Percebi também que seu sangue de barata era conveniente para sustentar as negociatas inevitáveis e o jogo de influências típico na escalada do pódio acadêmico. Além da graça, toda a sua graça.

A bolsa de iniciação científica colaborava com as contas, mas não supria sua necessidade de independência, sequer pagava o aluguel da pensão. Ademais, nada te mobiliza tanto quanto não poder arcar com os próprios custos: "Querer é não poder", você sempre diz.

O afã da autonomia e o desejo de se pagar foram te transformando numa baby profissional e te afastando do ambiente acadêmico, que não pagava seus jantares. Começou com um empresário, que te encontrou num bar gay e propôs alugar sua beleza como fachada para acompanhá-lo numa feira de negócios. Nesse evento, você conheceu outro sujeito bom de grana que disse querer muito "pagar seu lanchinho". O primeiro virou seu amigo, o segundo te levou a Paris e esta viagem te abriu as portas para o mundo dos papais de puta de onde você nunca mais saiu. Tá bem, eu sei, você não é uma delas, não é uma qualquer, o que você vende tem muito mais valor, mas a verdade é que você não precisa nem nunca precisou de nada disso. Quem precisa é sua gulodice cravejada com brilhantes.

Apesar do seu trabalho ter, desde que te conheço, um caráter provisório, entendi que você não vai se livrar deles tão cedo, que você papa seus papis feito quem se agarra a antigos vícios como tábua de salvação. E não é só o dinheiro que compra seu tempo com eles, também a bajulação, talvez principalmente ela: presentes, favores, olhos em destilação, a baba seca no canto da boca, o desejo irrefreável e o poder que isso te dá. Além do mais, nem sempre você precisa ir para a cama com eles. Há os que se satisfazem em apenas pagar seus boletos e não em tocar sua pele. Pervertidos modernos, sua tara é penetrar dinheiro na conta alheia.

É difícil acreditar que alguém tão boa quanto você possa ter devassado a própria vida dessa forma, mas já sei que não adianta te dizer. Seus parâmetros morais passam longe da retidão comum.

Com a prata que foi escorrendo dos velhos, cada vez mais velhos, mais ricos e mais escrotos, você poderia ter escolhido outro lugar para morar, ou ao menos ter saído antes daqui. Você dizia que precisava poupar, por conta dos sanguessugas da sua família. Eles que até hoje não sabem — nem querem saber — a origem dos dígitos que aparecem nas suas contas todo mês. Desconfio, no entanto, que a pena por mim tenha acrescentado mais uma variante parasitária à equação da sua permanência na pensão.

Não permito a mais ninguém a compaixão que você tem por mim, mas hoje eu sei que sua pena me deu mais. Mais dos seus braços, da sua companhia, do seu tempo. E com seus braços, companhia e tempo você foi moldando em mim alguém feito de matéria sólida, não apenas de lâminas, letras e luz fluorescente.

Mensagem não lida de Helena. Um vídeo mostrando o novo apartamento, ainda sem móveis. Piso de madeira desgastado pelo tempo, sem dúvida um criadouro de pulgas; a pintura das paredes esconde a sujeira dos moradores anteriores; cozinha bem cuidada; banheiro sem boxe, ela diz que vai instalar um de vidro; a porta da frente mostra o corredor velho do prédio velho; pé-direito muito alto; no meio do quarto, uma planta ornamental simpática. Enquanto ela passeia comigo pelos cômodos, percebo que esperava um apartamento menor, ela indica onde ficarão armários, mesas, cadeiras e cômodas. Exibe um quadro apoiado no chão, presente do papai. Ao final do vídeo, mostra uma planta na sala, alta, num vaso de barro comum, ao lado de um janelão até bonito. Conta que se trata de um cacto batizado com meu nome.

— Estela, acorda!

— Boa tarde, Helena.

— É urgente.

— O que aconteceu?

— Você tem que ir pro hospital hoje?

— Amanhã de madrugada.

— O alarme já tá programado?

— Pras cinco.

— Melhor, às vezes você acaba caindo de sono.

Ela me puxa pelo braço e vamos correndo até seu quarto: um labirinto de caixas, uma cama nua e uma geladeira velha. Tira uma cerveja lá de dentro e me entrega.

— Um brinde.

— Ao seu novo apartamento?

— Aos dois longos anos em que morei nesta espelunca.

— Dois e meio.

— Tem certeza que vai sobreviver sem a tia Helena cuidando da sua mamadeira?

— A *baby* aqui é você.

Finjo que bebo, melhor evitar a interação medicamentosa com a ritalina que ainda vai entrar para o turno poder sair.

— Eu não vou mudar pra Lua, viu? Meia hora daqui.

— Quarenta e cinco minutos a uma hora e meia, dependendo do trânsito.

— Você só precisa pegar um ônibus.

— Não é perto.

— Vou ter que te buscar?

— Eu vim de muito mais longe.

— Estela, você sabia que, da primeira vez que o homem foi pra Lua, quer dizer, que os americanos foram pra Lua...

— Do que você tá falando?

— Você acredita que eles deixaram uma placa lá?

— Como assim?

— Uma placa que dizia: "Viemos em paz em nome de toda a humanidade".

— Não sabia.

— E eles ainda puseram a data: 1969. Não é patético?

— Que eu saiba, um dos maiores feitos da humanidade.

— Deixar uma placa na Lua?

— Chegar à Lua.

— Pensa comigo: aquilo é uma sinalização, certo?

— Certo.

— Logo, espera-se que seja lida por alguém, correto?

— Exato.

— Admitindo isso, eu te pergunto: quem vai ler aquela placa? Os ETs? Marcianos? Viajantes intergalácticos? Me diz. Imaginemos que haja, de fato, seres extraterrestres, quem disse que eles falam, leem? E mesmo que falem e leiam, quem disse que eles têm um alfabeto parecido com o nosso? Quem disse que eles têm um alfabeto?

— Você acha que os extraterrestres existem?

— 1969 a.D., Estela!

— a.D.?

— *Anno Domini*, em latim, ou seja, "no ano do senhor"...

— Depois de Cristo?

— Se nem a gente sabe, imagina o alienígena. Depois de Cristo, Ano do Senhor. Quem é Cristo na Lua? O homem é um bicho autocentrado. Toda visão que ele tem do que não conhece é baseada em si mesmo, parte só da experiência humana, é como se ele achasse que toda a galáxia, ou mesmo os seres vivos que habitam a Terra, como se tudo o que existe se limitasse a ser uma reprodução da sua própria experiência, ou melhor, da experiência americana!, uma cópia de como o barrigudo branco estica suas pernas sobre a mesa de centro da galáxia.

— E, assim, o homem fez o ET à sua imagem e semelhança.

— Digo mais: os gatos, as baleias, as aves, as plantas não são cópias da gente porque eles são muito melhores, têm habilidades muito mais surpreendentes do que as nossas, a gente é limitado, incapaz de ver qualquer coisa para além da nossa própria perspectiva, somos merda nenhuma, não sabemos voar, miar ou respirar embaixo d'água, não fazemos fotossíntese, não produzimos mel nem polinizamos as flores.

— Aquela placa não tá ali pra ser lida por ETs.

— Como é?

— Aquela placa foi escrita pelos homens pra ser lida por outros homens.

— Os Estados Unidos patentearam a Lua, é isso?

— Talvez.

— *The moon is American* e a gente é só lixo espacial.

— Nem pra poeira de estrela servimos mais...

— Um brinde!

Não há dia que a luz fria do hospital não torne mais claro, ou cansaço que abata o desejo de corrigir enfermidades. Chego ao hospital depois de uma noite em que dormi e sonhei demais, excessivamente, com baratas e Helena na pensão, umas sobre as outras. A impressão do sonho é tão marcante no córtex pré-frontal que chego a acreditar ser realidade. Chego a duvidar de que acordei. Ou mesmo de que dormi. Não me lembro como cheguei à cama. Me escondo atrás da pilastra para observar as enfermeiras na triagem e reparo que a parede precisa de uma demão de tinta muito branca. Talvez por sujar demais é que as paredes da pensão sejam pintadas de bege escuro do lado de fora. As enfermeiras oscilam, como sempre, entre a negligência explícita e o excesso de cuidado. Um clássico entre cuidadores. A negligente me cumprimenta para deixar claro que me viu. Devolvo a cara fechada. A zelosa sorri.

— Que bom que você veio hoje.

— Faz parte do meu trabalho.

— Bom mesmo assim!

— Como o senhor está se sentindo?

— Melhor... E você, como vai, Estela?

— Eu?

— Sim.

— Bem.

— Não parece.

— Como é?

— Nada, minha querida.

— Com licença.

— Claro.

— Primeiro, gostaria de ver as cicatrizes.

— Fique à vontade, filha.

— Agora vou ouvir seus pulmões.

— Disseram no jornal que...

— Inspira...

— Disseram que....

— Solta...

— O.k.

— De novo.

— Eu vi nas notícias...

— Muita mentira tem circulado por aí.

— É verdade, mas...

— Vou ajustar a inclinação da cama.

— Ouvi dizer que foram presas dez pessoas naquela manifestação em que eu estava.

— Hmm...

— No dia que eu levei a facada.

— E por quê?

— Porque estavam se manifestando.

— Tem gente que mais atrapalha do que ajuda.

— É um direito do povo.

— Faz silêncio um pouquinho.

— Desculpe.

— Estica o braço.

— Eu sinceramente acho que a situação é preocupante...

— Seu caso está evoluindo bem, mas a recuperação é lenta, devido a fatores de risco, como sua idade, por exemplo, o tabagismo e a hipertensão mal tratada.

— Eu me referia ao país.

— O senhor está aqui pra ser curado, não pra fazer política. Está conseguindo tomar banho sozinho?

— Não, infelizmente.

— E a alimentação?

— Eu sei que é um clichê dizer isso, mas os clichês às vezes são a essência da verdade: eu sou só um velho, fumante, hipertenso, no melhor dos casos, tenho ainda mais vinte anos pra viver minha velhice, mas você é jovem e...

— O que é que tem?

— O país... sabe? Eu me preocupo e acho que os jovens deveriam abrir os olhos. Vejo o passado se repetindo...

— O senhor anda um pouco nervoso, estressado, não é?

— E como poderia ser diferente? Do jeito que as coisas estão...

— Vou prescrever um ansiolítico, nada forte, só pra dar uma acalmada.

— Não precisa, doutora.

— O médico é quem sabe se o paciente precisa ou não de medicação.

— Eu entendo, minha querida, mas...

— Doutora.

— Só estou dizendo, doutora, que, do jeito que as coisas estão, é normal que eu me sinta apreensivo, um pouco tenso, ainda mais depois...

— Sendo ou não normal, isso afeta sua recuperação.

— A senhorita tá certa.

— Nem eu nem o senhor queremos que sua estadia se prolongue demais neste hospital. Não é verdade?

— Sim.

— Então, enquanto estiver aqui, sob este teto, o senhor é minha responsabilidade e deve fazer o que eu achar melhor.

19/01

Perfurar, cortar e penetrar são gestos que não têm em si valor positivo ou negativo. Podem verter-se em vida ou morte, saúde ou doença, a depender somente da intenção, isto é, de quem e de como os executa. A sorte é também um fator importante, mas não deveria ser.

A única razão da lâmina é o corte, e nela não reside propósito. Uma faca e um bisturi estão mais próximos entre si do que um médico e um paciente: o que diferencia os instrumentos não é só a assepsia, mas também a ciência da mão.

IMPORTANTE: Não errar.

Ando pelos corredores. O turno já alcança a décima hora. A luz fria vai enegrecendo a vista. Os jalecos e as peles brancas se camuflam às paredes. Meus olhos descansam melhor dessa forma. É dia ou é noite. Viarealli passa por mim e acena com a cabeça. Um colega de residência me cumprimenta com um beijo no rosto e depois se dá conta da inadequação do gesto, tenta esconder o desconcerto perguntando como eu estou, fingindo uma intimidade que não temos. Não respondo e dou meia risada. Deixo que ele vá embora envergonhado. Encaminho outros pós-operatórios que são minha responsabilidade: lamber feridas, lamber feridas, lamber feridas. Os que me conhecem há mais tempo passam por mim e não me cumprimentam nem se constrangem. Arranjo um intervalo para dormir. O colchão e o lençol estão devidamente desinfetados; apesar disso, não consigo descansar. Está escuro, talvez por isso. Ligo as luzes e fecho as pálpebras. Assim eu consigo. Alguém me chama e eu acordo para atender. Sinto uma tontura que não identifico se está mais próxima da labirintite ou da hipotensão. Tenho sono? Aceito o café que me oferecem. Repasso o prontuário para identificar os casos mais graves. Doze, treze ou catorze horas? Preencho tantos outros formulários e as anamneses já se misturam umas com as outras. Penso em acionar os colegas para esclarecer algumas dúvidas, mas logo consigo solucioná-las sozinha. Tanto melhor, tanto mais nítido, tanto mais fácil. Tão fácil.

— O que ela teve?

— Foi espancada.

— Lesões internas?

— Descobriremos.

— Externas?

— Sem dúvida.

— Ela é índia?

— Diz "indígena" agora.

— Coisa engraçada.

— O quê?

— Isso de ainda existirem índios em pleno século XXI, você não acha?

— Sei lá.

— Vai abrir?

— Sim. Te chamei pra você preparar ela.

— Agora?

— Já.

— Tá ruim o negócio?

— Torcer pra que não esteja tanto.

— Hospital público é tipo carnaval, né?

— Quê?

— Carnaval.

— Não entendi.

— Tem ladrão, puta, marginal, estudante, freira, policial, índio...

— Enfermeira...

— A gente vive entupido de aditivos químicos, não dorme, come qualquer negócio, passa horas fora de casa...

— Isso foi a tentativa de fazer uma piada?

— As pessoas ainda fedem!

Seu azar, minha sorte.

O caso não está nada bom, menina, mas só assim eu poderei aprender, sinto muito. Por você, claro! Só assim saberei o que fazer quando cair nos meus braços outra lesão contundente no abdômen como a sua — bem contundente, diga-se de passagem. Eu sei, sim, você não está nos meus braços, mas está nos meus olhos e isso basta, por hora. Um dia alguém como você estará sob meu jugo de novo e eu vou precisar saber como agir. Entendeu? Quero dizer que sua infelicidade será a felicidade de um paciente futuro. Mais do que isso, sua salvação!

— Limpa aqui as pernas dela, por favor.

Não faz muito tempo, essa mesma equipe esteve aqui, nessa mesma sala, realizando esse mesmo procedimento. Era a primeira vez que eu assistia uma laparotomia exploradora, mas já entendi que será comum. Sabia que as coisas se repetem muito no hospital? Inclusive é assim que evitamos mais erros. Chega alguém como você toda arrombada por dentro, nós descobrimos como salvá-la e o próximo esgarçado da lista tem um destino mais feliz. Não é uma maravilha?

— Foi?

— Ainda não.

— Vai, porra!

Por dentro, vocês são parecidos até. Além do mais, não há corpos desviantes que a medicina não dê um jeito de endireitar. Quero dizer que normalidade é fundamental para qualquer sociedade. E a regularidade permite que vivamos melhor, na plenitude da organização, da ordem; quanto mais previsibilidade, menor a chance de acontecerem catástrofes, tragédias e perdas.

Se bem que você é meio esquisita...

— Pronto.

— Vamos?

— Pode abrir!

A diferença entre você e o último paciente é que, no caso dele, procurávamos por um trauma penetrante, nome que damos às lesões abertas, feitas por armas brancas ou outros objetos perfurantes. Será que você compreende alguma dessas palavras que eu disse? Cortes, incisões, lacerações, amputações, rombos... No seu caso, estamos buscando traumas por ação contundente, ou seja, nada que te lesionou chegou a perfurar sua pele, mas mesmo assim pode ter feito um belo estrago. Acontece que as lesões abertas não são necessariamente mais graves do que as fechadas, como tende a acreditar o senso comum. O senso comum acredita em muita coisa. Me diga se eu não sou uma boa médica?

— Caralho!

Vamos ver se você entende assim: não poderia haver sequência melhor de aulas expositivas para um aspirante a cirurgião do aparelho digestivo do que essa que estou assistindo nesse agitado começo de residência. Compreendeu? São como aulas. Aulas vivas e cheias de sangue, material fecal e urina. Não sei se devo agradecer ao dr. Viarealli, que me permitiu assistir a esse procedimento, ao brutamontes que lhe mandou direto para a maca ou à sua própria negligência em relação ao seu corpo. Não tenho nada contra sua integridade física ou moral, muito pelo contrário, indiazinha, mas esse incidente é um capítulo fundamental para a educação do jovem médico. Quantos já não se sacrificaram pela ciência, hã? Veja por este lado. Finalmente, gente como você pode ajudar no avanço científico.

Você vai ficar bem.

Mesmo entubada assim, seu rosto é tão cheio de escuros, seu corpo também. Sua pele e suas sombras, que eu não sei de onde vêm, mas fazem reflexo, um corpo tingido, um rosto manchado de tinta ou sangue ou sujeira ou asfalto, nessa sala tão clara, o ventre tão aberto, o peito descoberto, a vulnerabilidade da mulher que balança sobre a mesa de operação, que precisa de artifício para respirar, sangue fora do sangue para bombear vida, um fio de vida. A roupa rasgada, a malha rosa de tecido florido, a mãe que falava qualquer coisa incompreensível. Era sua mãe? Ninguém na enfermaria entendeu se você é daqui, se mora na rua, na toca, na aldeia, na favela...

Quando acordar da anestesia, por favor, me conte, me conte de onde é, como veio parar aqui, o que aconteceu, me conte quem é, qual a sua história, qual o seu nome, me conte como foi sua infância. Não.

— Segura! Segura!

De onde eu venho também tem aborígene, sabia? Na infância, eu via vocês de longe, mas a gente não podia brincar junto, minha mãe não deixava se misturar. Até hoje não sei se as memórias que eu tenho de vocês, dessas caras de vocês, desses olhos puxados, são imaginação ou. Eu achava que era delírio, invencionice de criança, que eu imaginava brincar de índio, sentar com perna cruzada, correr pelada, mas da última vez que eu visitei Eldorado, vi outras pessoas que

75

nem você vivendo no meio de gente normal. Isso é muito interessante, não acha?

— Sucção.

— Sim, doutor.

— Aqui, porra, rápido!

Minha mãe tinha medo de me confundirem com vocês, nas casas onde ela ia trabalhar. Fazia questão de demarcar a linha que separava gente que nem você de pessoas como nós, dizendo que lá em casa pelo menos frequentávamos a igreja. Quer dizer, caipira até podia ser, mas índio não. Você um dia chegou perto, séria, me ofereceu um brinquedo esquisito e foi embora. Era um brinquedo? Eu me lembro disso? Alguém catou da minha mão enquanto eu ainda tentava descobrir a serventia daquele pedaço de pano enrolado em pedra. Eu fiquei com muita vontade de brincar com você, mas parecia muitíssimo perigoso. Você pegou o brinquedo no chão e voltou para sua gente rindo de mim. Você é perigosa? Vocês são?

Todas as vezes que eu me imaginei, que sonhei salvar a vida de alguém, abrir um corpo para revirar o destino, pegar com minhas mãos nas alças da vida, penetrar na sorte alheia, curar, nunca e nenhuma vez fantasiei um paciente com essas suas feições. Um rosto assim tão. Por quê? Por que será que a gente vê o que a gente vê?

Seja como for, a medicina é redentora porque salva gente como você e gente como eu. Todo mundo precisa das mãos dela! Percebe? Todos nós e todos vocês!

— Fica parado. Deixa aqui a tesoura, não mexe!

É tanto sangue, indiazinha, tanto sangue que. Para minha atenção, é difícil distinguir seus órgãos uns dos outros com eles assim tão. Sujos. O R2 suga e suga, sem parar, mas você vai ver, vai ficar. Tudo bem. Pelo jeito, nada aconteceu de ruim com seus intestinos, isso é bom, é muito bom, eles estão bem, muito bem, no lugar. Os intestinos são órgãos sensíveis, sabe? É muito bom que estejam bem, são decisivos, lembra? Foi você, não foi? Sim. Você já morreu antes. Lá. Morreu antes. Disenteria, eu me lembro. Suas tripas expulsavam vida para fora, agora eu me lembro. Ninguém quis te levar para o hospital, te deixaram solta, a vida tripa afora. Você se lembra? Eu já te vi morrer antes, foi. Te vi morrer e não consegui ajudar.

— Prepara o desfibrilador.

O anestesista não tira os olhos do monitor. Nem sei seu nome. Ou não gravei. Com tanto sangue perdido numa hemorragia interna como essa, às vezes o coração deixa de ter o que bombear, sabe?, deixa de ter sangue. Chamamos isso de choque hipovolêmico. Sou uma boa aluna, fui embora, deixei para trás as disenterias, difterias, desnutrições da minha cidade natal, minha mãe, minha tia e os índios que havia lá, sou uma boa aluna, ainda assim, uma boa profissional, médica. Entendeu? Eles também. A gente vai te salvar.

— Um... dois... três!

Tivemos de remover um pedacinho do intestino de um paciente vítima de uma facada. Depois do procedimento, ele ficou bem, se recuperou, eu ajudei no pós-operatório, mas as sequelas desse tipo de intervenção são permanentes: em algum outro momento, esses intestinos vão voltar a dar problema, aí vão abrir o sujeito mais uma vez e tirar mais um pedacinho, pode ser em breve, pode ser que demore; depois de mais algum tempo, se ele sobreviver, algum outro problema vai aparecer com certeza, aí vão ter que tirar mais um pouco de tecido e depois mais, até que, eventualmente, esse paciente chegue a óbito, em decorrência da facada que ele recebeu tempos antes. Mesmo que leve muito tempo, a culpa ainda será desse primeiro incidente. Assim é. Tudo depois do nascimento é sobrevida. Ele já morreu um tanto, agora falta o resto que sobrou. É assunto sério, digo! Quase sempre acontece assim, ainda mais em idosos. Seja como for, não restariam mais tantos anos para ele, ao contrário de você, que é tão moça, mas, afinal. Todo mundo morre.

— Hora do óbito: 22h40.

A sala operatória se esvazia, eu fico. Vão embora também a maca e o cadáver. Os responsáveis pela limpeza chegam para cuidar dos detritos. Há tanto retalhos de pele e gordura quanto resíduos químicos. É preciso se certificar do descarte correto, certificar-se de que o ambiente esteja esterilizado e pronto para receber o próximo paciente, de que a luz esteja acesa. A memória do anterior deve ser higienizada. Depois de um procedimento, outro; depois de um paciente, o seguinte, e a assepsia garante a contaminação. Quero dizer, garante a não contaminação, é isso? Assisto aos faxineiros atuarem neste que em breve se tornará um local imaculado, mas que agora ainda recende o hálito ferroso da cirurgia. Suor. Água. Fezes. Urucum? Um deles me nota: "Boa noite, doutora", mas não me pede para ir embora. Nem vai pedir. O outro pergunta se é melhor que eles venham daqui a pouco, caso eu precise de mais tempo. Eu digo não. Eles trocam olhares. Meu jaleco está imundo, o sapato também, caminho pela sala e deixo pegadas no piso branco. Eles não dizem nada, sabem que precisam respeitar a hierarquia, pilar mais sólido deste hospital. Conto que o procedimento foi difícil, por isso está sujo desse jeito. Eles sabem, mas faço questão de reafirmar. O trabalho deles também abre e fecha, dá passagem para nós e pode ser difícil, mas. Democracia demais atrapalha, dizem os corredores. Eles sabem.

20/01

Lesões abdominais

- traumatismos por ação contundente nos órgãos ocos: estômago, cólon, ureteres, bexiga.
- lesões por ação contundente nos órgãos sólidos: fígado, baço, pâncreas
- complicações: ruptura do hematoma, abscessos, síndrome do compartimento abdominal.
- devemos observar e perguntar, saber o que observar e o que perguntar para os pacientes; agir de forma incisiva e precisa.
- falar de forma incisiva e precisa, penetrante?, falar pouco.

IMPORTANTE: Só abrir o corpo em casos realmente necessários.

Gosto de voltar para casa antes de amanhecer, enquanto o sol amarelo ameaça, mas ainda não estoura a cabeça. Hoje é dia dela vir. A luz da cozinha acesa, por pouco não é madrugada. Eu estou feliz? Já faz calor, o forno ligado, a cara de sono de Ana.

— Como vai, minha filha?

Ela pergunta sem se virar para mim, escuta a batidinha na porta e quem seria a essa hora senão Estela?

— Cansada.

— Bom dia.

— A senhora chegou cedo hoje.

— Trabalho com mais sossego assim cedinho, as meninas ainda não acordaram, consigo limpar a área externa, sem que elas fiquem passando por cima da minha faxina.

Ana se senta com um copo embrulhado entre as mãos e assopra o pensamento sobre o café preto.

— Agora você tá sozinha, né, Estela?

— Como assim?

— A Helena foi embora.

— Ah, isso, sim, foi.

— Vou sentir falta dela, uma moça boa.

Boceja, espera que eu responda algo, fico constrangida e ela prossegue:

— Tava pra te perguntar.

— Diz.

— Quer café?

— Hã?

— Você acredita em vida após a morte?

— Café, sim.

— Quero dizer, como médica, você acha que a alma sai do corpo e vai pra outro lugar?

— Obrigada.

— Ou pra outro corpo. O que acontece depois?

— Não.

— Você entendeu minha pergunta?

— Entendi.

— Então me dê seu parecer, doutora.

— Não sei responder à sua pergunta.

— É mesmo?

— Mas vou te contar uma coisa que pouca gente sabe.

— Mas você sabe!

— Quero dizer quem não seja médico, o leigo.

— Diz...

— É complexo determinar quando um corpo morreu.

— Como assim?

— Tanto pras pessoas comuns quanto pros médicos.

— Hmm...

— Às vezes, em cima de uma maca, existe um coração que parou, pulmões que já não respiram, um indivíduo estático e, ainda assim, a gente espera.

— Espera o quê?

— Até determinar que o corpo não tem chances de voltar a viver. Que o corpo é um cadáver.

— Cadáver.

— Determinar, ou delimitar. É isso.

— Tipo aquelas pessoas que acordam no caixão?

— Mais ou menos.

— Mas isso existe, não existe?

— É raro, mas eu tô falando de fronteiras.

— Eu também, Estela.

— Certo.

— Quanto tempo vocês esperam?

— Muitas vezes, as pessoas pensam na morte como um acontecimento repentino, abrupto, mas não é assim sempre...

— Tá, mas e depois? É isso que eu quero saber. O que acontece depois?

— A morte existe no meio da vida, enquanto a vida acontece, na vida, não depois.

— E como dá pra saber que acabou?

— É entre as coisas vivas que a morte preocupa a gente, não depois que ela acontece. Os médicos cuidam do viver, não do morrer.

— Já tá calor, não tá? Mal começou o dia...

— Depois que um corpo para de respirar, cuspir, andar, falar, nem começo nem fim existem. Entendeu? Mas enquanto ele come, digere e expurga com autonomia, está totalmente apto a procriar morte.

— Antes as pessoas morriam em casa, não no hospital.

Ana apaga a luz da cozinha, mas o ambiente ainda não está claro o suficiente para isso. Parece se incomodar com o nascimento do dia e seu escândalo. E eu, que gosto tanto das luzes brancas e do que elas dão a ver, de repente sinto conforto nessa extensão da luz amarela da aurora. Apenas a parcela da cozinha onde o sol bate nesse momento está clara. Escuto as patinhas dos ratos que nos fazem companhia no teto, os bocejos dos gatos de rua indo dormir, sentimos o sopro abafado do sol comprimindo o cômodo.

— Já pensou num momento como esse, dona Ana? Nesses segundos antes de decretarmos que aquele corpo é um cadáver? Enquanto não tá vivo nem morto?

Ela ri.

— É como se a validação da morte dependesse da nossa palavra.

— Um corpo não precisa de autorização pra feder, doutora.

Nós rimos, e talvez eu me sinta contente. Ela realmente conseguiu estender essa hora, fazer do dia mais noite, da noite mais dia, com seus mesmos dedos nodosos polvilhar de sombra a claridade e fazer o escuro brilhar.

— O que a gente faz na medicina é adiar.

— Vocês não limpavam a sujeira dos outros?

Continuamos a sorrir.

— E tem gente que ressuscita, viu? Volta de uma quase morte pra viver alguns minutos, horas, dias e até anos.

— Quase morte ou morte?

— Quase milagres.

— Você acredita em Deus?

— Milagres da medicina, mas ela já estava lá, sempre está aqui, sempre estará.

— Tá sentindo o cheiro?

— De quê?

— Da morte...

— Hã?

— Do bolo, né, minha filha?

— Ah, sim!

As mesmas mãos e nós ainda rimos.

— Tá bonito.

Ela coloca a travessa sobre a mesa e nos servimos de pedaços quentes. Uma estudante entra na cozinha ainda com sono, toma um susto quando nos vê e começa a soluçar. Cumprimenta com um "bo-om-dia" descabelado, serve-se e se senta à mesa. Come com pressa, engolindo os soluços em xícaras de café. Respiramos como se tivéssemos sonhado juntas essa conversa e eu sorrio nosso sonho. Estamos contentes. Ana vira uma gargalhada na mesa, assusta de novo a estudante, que para de soluçar por fim; depois me olha com cumplicidade e vai deixando o sorriso permanecer. Agora a estudante parece pronta para mais um dia de aula, então lava sua louça em silêncio, antes de ir embora, e agradece pelo bolo. Embrulho a memória numa embalagem esquisita e levanto para me deitar.

Uma cópia da sua chave e um bilhete bem-humorado, no qual Helena comenta, ácida, as idiossincrasias da vizinhança nova. Tudo envelopado em papel pardo sobre o capacho do dormitório. Que horas ela teria vindo aqui deixar isso?

No momento em que coloco a mão nas minhas chaves, a porta do seu antigo dormitório se abre. Seguro o passo, como se pudesse ser você em mais uma das suas surpresas, mas não é, claro que não é. O que sai de dentro do seu quarto é o contrário disso: um garoto atarracado e loiro. Um homem aqui? Assim, às claras? Melhor entrar logo, antes que me veja obrigada a ignorá-lo.

— Bom dia.

— Quê?

— Você mora aqui?

— Moro.

— Eu acabei de me mudar praquele dormitório ali. Qual é seu nome?

— Como assim?

— Perguntei seu nome.

— Não... como assim, você se mudou pra lá?

— Bem... eu peguei minhas coisas, coloquei em malas, trouxe as malas e me mudei. Assim como todas as outras moradoras da pensão, imagino.

— Estela.

— Como é?

— Meu nome.

— Lindo.

— Linda...

— O nome, não você.

— Desculpa.

— Muito prazer, Estela, meu nome é Cassandra.

— Prazer...

— Tá chegando ou saindo?

— Chegando.

— Que pena, senão eu te convidava pra me mostrar onde ficam as coisas nesse bairro. Acabei acordando cedo e resolvi dar uma volta.

É mais novo, mais nova, bem mais nova do que seu nome.

— Acho que eu não sou a melhor pessoa pra isso.

— Pra quê?

— Mostrar o bairro.

— Você também é nova aqui, Estela?

— Não, não sou nova.

— Então é velha?

Imagino que esteja tentando ser engraçada, ela ri.

— Você também estuda na universidade?

— Sou residente.

— O que isso tem a ver?

— Eu estudei lá.

— Agora não estuda mais?

— Não.

— E já se formou?

— Sim.

Deve estar se perguntando por que eu ainda moro aqui, enquanto me pergunto como essa figura pode ser uma mulher.

— Bem, eu acabei de voltar do hospital, então.

— Você tá bem?

— Eu trabalho no hospital.

— Ah, você é médica.
— É, residente.
— E não estuda mais?
— Preciso descansar.
— Mas você se formou aqui, então?
— Sim.
— Entendi.
— Boa noite.
— A gente se tromba por aí, vizinha.

9ª

Você se lembra do dia em que minha mãe veio aqui? Veio também minha tia acompanhá-la, como sempre. Foi a única vez que elas despencaram lá de Eldorado para me visitar. Eu procurei evitar que você soubesse da chegada delas, ou com certeza passaria para dar uma conferida na cara das mulheres que me criaram. Claro que não foi possível te impedir de fazer isso.

Apesar de serem quietas, entrarem e saírem quase sem se fazer notar, a presença quente das mãos delas nas minhas coisas era um ímã muito atraente para sua intuição ignorar. Além disso, nessa época você passava para me ver com muita frequência, ou melhor, para conferir se eu estava me alimentando e descansando. O que te levou a se interessar por mim eu não entendia então, e acho que continuo sem entender, mas a maneira autêntica com que você interagiu com minha mãe e minha tia sem dúvida me deu uma pista do tipo de elo que ligava seu umbigo ao meu.

Quando você entrou e viu as duas revirando os móveis para acharem sujeira, não entendeu quem eram a princípio. Eu não costumava, nem costumo, contar sobre minha família, mas não deixo qualquer um enfiar as mãos nos meus pertences, de modo que você pressupôs serem pessoas importantes. Eram sim. Elas ficaram assustadas com minha amiga tão à vontade chegando sem pedir licença, mas você contou um par de histórias sobre mim e conseguiu fazê-las sorrir. Já não me lembrava de como elas riam, se riam, talvez nunca as tenha visto rir tanto, nem antes nem depois desse dia.

Bastou eu sair alguns minutos para ver se tinha bolo na cozinha para que elas começassem o serviço. Voltei, minha mãe já tinha afastado os livros da prateleira; minha tia, tirado a roupa de cama; e você, encontrado a vassoura para ajudá-las. Não fizeram nenhum comentário sobre a higiene do ambiente, trabalharam caladas e não me deixaram ajudar. Por mais limpos que sejam meus hábitos, elas ainda enxergaram onde higienizar: desinfetaram os cantos mais improváveis da minha escrivaninha, varreram meu chão, lavaram meu boxe e quiseram até dar um jeito no meu cabelo, mas para isso eu não dei abertura. Fazer uma limpeza no dia anterior tampouco adiantou, só de me sentar um par de horas para estudar, as superfícies já voltavam a cobrir-se de gordura, os sapatos da rua traziam poluição para dentro, as mãos de corrimãos infestadas, a roupa de hospital. Tudo isso elas sentiam e enxergavam. Tinham sido criadas para isso. Além do mais, as mães são sempre mais limpas.

Não levei minha mãe ao cinema, mas minha tia quis conhecer o maior shopping da cidade. Não apresentei a avenida principal, mas comemos cachorros-quentes na lanchonete mais famosa do bairro. Não andamos de metrô, mas pegamos ônibus bifurcado e lotação. Não as levei ao parque, mas minha mãe pediu que eu a deixasse ver a universidade. Tomamos fanta uva no refeitório e você pagou.

Na hora de ir embora, fomos até a rodoviária de motorista, numa BMW, graças a um dos seus papais. Eu teria recusado receber qualquer coisa dos homens que te compravam, mas você não ofereceu a carona a mim, e sim a elas. Elas aceitaram, claro. Nenhuma das duas chorou ao se despedir de mim, mas minha mãe se esqueceu de preparar um lanche para a viagem e eu, por conta disso, achei que ela pudesse estar emocionada.

De costas, não fossem as roupas diferentes, teria confundido as duas enquanto subiam com destreza a escadinha apertada do ônibus. Pedi bênção a elas, mas só as mãos da minha tia tocaram meu rosto. Eram iguais às da minha mãe em tamanho e textura, de pele firme, mas não áspera. Enquanto acenavam da janelinha fumê, fui incapaz de distinguir uma da outra.

Com certeza eu não as teria levado à rodoviária, não fosse você. Tampouco teria percebido que a forma como fechamos a boca, quando queremos ficar quietas, é idêntica. Queremos com frequência ficar quietas, as mulheres da minha família. Um jeito de trancafiar os lábios tão bem fechados que cria uns sulcos profundos em torno da boca, com o passar dos anos. Os delas eram de fato muito evidentes e profundos.

Em casa, demorei-me no espelho investigando as mais novas rugas hereditárias que você tinha me apresentado no meu próprio rosto.

Oito horas de sono programado para compensar os dias de desgaste, mas acordo sem disposição. Dormir parece ter feito com que eu ficasse mais cansada. Levanto-me, de toda maneira. Tenho uma madrugada de estudos pela frente. Escuto risadas, o vizinho, a vizinha nova. Guardo na pasta mais uma carta que nunca vou entregar. Está falando ao telefone? Tem voz de mulher, pelo menos. Procuro me concentrar na histologia do trato digestório e nas patologias decorrentes de malformações nos órgãos. Anomalias obstrutivas no estômago podem acarretar problemas sérios na absorção de nutrientes, mas ainda há quem, apesar disso, escolha ter uma aparência que não corresponde ao sexo com o qual se nasceu. Deixar-se levar pelo desejo de corromper a natureza, mesmo que a fibrose hepática congênita possa vir a atrapalhar a digestão e, por consequência, a absorção dos nutrientes. Transformar corpos perfeitos em péssimas formações fenotípicas e haver, ainda assim, médicos que possam curar todo tipo de doença adquirida por casualidade ou mesmo causalidade. Por isso e para isso trabalhar. Está quase na hora de voltar ao hospital.

— Leito 103?

— Recebe alta amanhã.

— Perfeito.

— Já almoçou?

— Não.

— Nem vai dar tempo. Quer pegar uma coxinha?

— Nada.

— Tem que agitar a cirurgia do 110.

— Posso fazer isso agora?

— Não.

— Por quê?

— Primeiro você vai ter que lamber as bolas do Viarealli, como um bom residente faz com seu preceptor.

— Que saco.

— Exatamente. Pega um café pra mim?

— Açúcar?

— Adoçante.

— Faz mal pro estômago.

— Faz mal ser gordo.

— Faz pior.

— Aquela enfermeira nova já cagou contigo ou foi só comigo?

— Sei nem de quem você tá falando.

— Uma que é morena.

— Não lembro.

— Enfermeiro novo, quando não caga na entrada...

— Quando não caga na entrada, já sai todo mundo no lucro, porque cagar na saída é inevitável!

— Bom, então vai lá, sua vez de esculhambar a moreninha.

— Muito obrigada.

— Vai, R1, aproveita pra comer o cu de alguém de vez em quando. Se vinga de todas as vezes que comeram o seu.

— Seu café.

— Escuta: a cirurgia é minha, os chefes do plantão vão só orientar, então, depois de agitar tudo, me acompanha, quem sabe eu te deixo ligar os pontos.

— Porra, valeu.

Escuto colegas agitando uma cirurgia da qual me interessa participar: isquemia intestinal num paciente oncológico. Divertidíssimo! Peço para acompanhar e eles jogam a bola para Viarealli, que autoriza. Pareço ter sono, talvez esteja cansada e pudesse dormir um pouco, mas o que poderia ser mais estimulante do que um infarto no intestino de um paciente com câncer no aparelho digestivo?

Sedado, na maca, mais um corpo que eu nunca vi, olhos que eu nunca vi, braços que eu nunca vi, veia mesentérica, cólon, baço, escroto que eu nunca vi. Paciente do oncológico, disseram. Todos os olhos atentos. Escuto alguém dizer: câncer. Procuro quem fala entre os rostos na sala de cirurgia. Cân-cer? Ninguém me vê. Procuro entre as bocas tapadas pelas máscaras, mas não identifico a origem do som. Vólvulo intestinal, a voz diz. Vól-vu-lo. Quem está falando? Torção de um órgão oco em torno de. Está me ouvindo, Estela? De. Si. Mesmo. Procuro. Nada. Não capto a. Origem interceptada da voz, a boca que fala me escapa, me escapa, me escapa e fala. Eu. Apenas obedeço. No que posso. No que posso ajudar? Não tem mais tempo, a voz diz, e-mer-gên-cia. Tento identificar qualquer movimento por trás das máscaras, um esboço, sequer um movimento. Onde você está? Me es-cu-ta, Estela? Procuro entre os olhos. Presta atenção, por-ra! Oi. Tá ouvindo? Tô, eu tô. Não sei não sei quem fala o enjoo me come as tripas, tenho vontade de vomitar, vai. Vazar pela máscara. Presta atenção! Vamos abrir. Presta atenção, residente! Vól-vu-lo. In-tes-ti-nal. Procuro entre os olhos. De quem são os olhos os malditos olhos que falam, falam? Cada um. Olha. Para um lugar. Diferente. Ninguém troca olhares. Cada um. Dos médicos. Cada um. Dos enfermeiros, anestesista, instrumentador. Cada um olha para um lugar. O cirurgião para as próprias mãos, o instrumentador para o cirurgião, o anestesista para os sinais vitais e eu não passo de um. Bisturi! Não. Aqui! Nenhum deles fala. Aqui! Seus olhos não interagem. Estão prestando atenção? Os residentes, os residentes são os únicos que olham para os pacientes. Aqui! Afastadores. Vólvulo óvulo vulva. Aqui, Estela, ei! Parte do intestino gira em torno de si mesmo. Aqui. Criando um óvulo, não, um vólvulo. Do que você tá rindo? Bota a máscara direito, cacete. Vólvulo. Tão vendo? Aqui! A obstrução. Tão vendo? Famoso nó nas tripas. Aqui! Agora sim. Né? Famoso nó nas tripas. Agora sim, você. Eu consigo identificar. De onde vem. A voz. Psiu. Ei. Aqui. Eee-eu. O nó nas tripas. Eu. Foi você quem disse isso? O paciente entubado fala. O paciente entubado fala? Seus dentes mastigam palavras e o tubo respira no lugar dos seus pulmões. E aí, tudo bem, Estela? Seus lábios entubados articulam voz. Entendeu, doutora? Entendeu, Estela? Como meu intestino aqui sofreu um infarto. Ele fala. Um infarto, é isso. Então, vejam só, vejam só, um infarto, precisamos. Vocês precisam. Parar o sangramento, sugar, sugar o sangue. Obrigada, Estela. Não fui eu quem. Disse? Sugador. É comum, residentes, nesse tipo de procedimento, residentes, um excesso, residentes, de sangue. Para que a colostomia. Ei, Estela, você se lembra, querida? É, olha pra mim. Você se lembra da aula sobre colostomia, se lembra? Para que a colostomia seja bem-sucedida é preciso que _____. Complete a lacuna, Estela. É preciso que o médico faça o quê, hein, querida? Enquanto ele fala. Enquanto sua boca gesticula, de olhos fechados, sedados, essa boca que fala sozinha, que fala comigo, enquanto essa boca autônoma e enorme gesticula as horas intermináveis de estudo sob a luz fria da pensão sob a luz fria das salas da universidade sob a luz fria das salas de operações, enquanto a boca repete, enquanto escancara e jorra e expele e golfa e esguicha informações e palavras e conteúdo. Na mesma intensidade, o buraco na sua barriga expele sangue e merda. Eu nunca imaginei que uma sala de cirurgia pudesse feder tanto, diz a boca. Os dedos delicados da tesoura incidem sobre o tecido do intestino e extirpam a origem do mal. A origem do mal. Os olhos do instrumentador lacrimejam e eu aposto, eu aposto que o cheiro de merda acertou o nariz dele em cheio. Lacrimeja também a testa do cirurgião. Milênios de descobertas científicas para que hoje a gente possa enfiar a mão nas tripas desse homem e extirpar o mal da maneira mais bruta possível. Com as mãos nas tripas dele recortar um pedaço dele para depois colar de volta. O mal vem de dentro. E eles estão concentrados e todos tão concentrados a ponto de não saberem o que estão fazendo. Você me escuta, Estela, está vendo como eles obedecem direitinho? Enquanto ele fala. Enquanto os lábios dele se movimentam mordendo o tubo orotraqueal, seu corpo cospe a si mesmo. Em vez da carne do tempo engolir a carne dos homens, a carne deste homem expele a carne do tempo. Seu intestino cospe o próprio intestino. Estrangula a traqueia do tempo, meu amigo, estrangula! Sinais vitais? Ele morde risadas no tubo orotraqueal. Ele morde risadas.

Estou no meio do corredor e não sei como fui parar ali. Se dormi caminhando, não sei, se apaguei. Decerto estou confusa, mas estou em pé, no meio do corredor do hospital. Para onde estava indo? Quando parei aqui, em que direção andava? Escuto uma voz me chamando. Vou um tanto para a frente, dois passos para trás, e me lembro de que não sei onde seria frente e onde seria atrás. Ouço novamente a voz. Procuro algo que me ajude a entender o que estou fazendo. Alguém ainda me chama. Encontro entre os braços a ficha de um pós-operatório: leito 206, mais uma apendicectomia, 27 anos, sem comorbidades. Fácil. Estela? É Viarealli e ele vem no meu sentido.

— Ótimo.

— Oi?

— Muito bom, Estela.

— Não entendi.

— Sua atuação na cirurgia.

— Ah...

— Eu não sou de elogiar, e você, pelo visto, não sabe receber elogios, então melhor não estender o assunto.

— Perfeitamente.

— Você salvou o cara quando me disse aquilo...

— Muito obrigada.

— Eu que agradeço, na verdade.

Não tenho a menor ideia do que ele está falando.

Sigo para o leito 206. Dou um passo de cada vez, com medo de cair. Passam por mim os peitos de Jéssica e sua bunda. Sorriem. Eu também tenho peitos e bunda, Jéssica, e aparentemente sou uma boa residente, uma residente muito boa, quem sabe até médica. Confiro o relógio: o turno ainda tem mais cinco horas de duração, ou dez. Talvez devesse estar contente com os elogios de Viarealli, mas não tenho ideia do que fiz para salvar o paciente, sequer sei de que paciente ele está falando. O da cirurgia? Como poderia me sentir orgulhosa de algo que eu não tenho consciência de ter feito, não, não posso receber esses elogios, não tenho mérito pela atuação, não me lembro de nada, não fui eu. Fui eu? O que eu fiz? Paciente, 206, dentro do esperado, pergunta se pode ir para casa. Vou liberá-lo ainda hoje. Sigo para conversar com a equipe de enfermagem e orientá-los. Tenho vontade de gritar com os enfermeiros: prestem atenção! Mas por acaso eu prestei atenção no que fiz? O que foi que eu fiz? Como posso ter atuado tão bem estando inconsciente, e por que estava assim? O sono, a ritalina? Fecho os olhos e já estou no próximo encaminhamento. Abro os olhos mais uma vez e estou no conforto médico. Fecho os olhos e de novo estou no refeitório. Abro os olhos e me encaminham mais um prontuário. Fecho os olhos e se materializa um paciente na minha frente. Abro os olhos e costuro a pele de alguém. Fecho os olhos e já tirei o jaleco. Abro os olhos e não sei onde estou. Fecho os olhos e atendo o telefone, é Helena.

— Uma mulher que parece um cara?

— Exatamente, eu achei que era um cara.

— Tipo trans?

— Transexual?

— É, um homem trans. Nunca ouviu falar, Estela?

— Homem é homem, mulher é mulher.

— Lá vem você.

— Se apresentou como?

— Cassandra.

— Então é mulher.

— Pelo menos é o que diz o que ela tem entre as pernas.

— Ah, você viu o que ela tem entre as pernas?

— Não vou nem responder.

— O que ela tem entre as pernas não diz nada, viu, caipira?

— Qualquer médico com o mínimo de dignidade diria...

— Quero saber se ela é bonita.

— Sei lá.

— Vai, você não reparou?

— Não sei nem se é mulher ou homem, vou saber se é bonito.

— Como é o corte de cabelo dela?

— Joãozinho.

— Claro.

— Pois é.

— Não tem peito?

— Não vi.

— Eu fico impressionada, Estela, como você é ruim pra contar fofoca.

— Não fiquei reparando, só achei esquisito.

— Magra?

— Acho que sim.

— Tô me segurando pra não aparecer aí agora e esperar esse Joãozinho na sua porta, mas tenho mais o que fazer.

— Obrigada pela chave.

— Quando você vem me visitar?

— Ando cansada.

— Eu vou ser substituída pelo Cassandro?

— Por favor.

— Você, tão pudica, tem duas amigas na vida: uma que é quase puta e outra que é quase um cara.

— Ela não é minha amiga.

— Mas tem potencial pra ser.

— Por quê?

— Porque os opostos se atraem!

— Você não é puta.

— Muito pelo contrário.

— Também não é pra tanto.

— Vê se não fala besteira…

— Quê?

— Pelo menos por enquanto, cuidado com o que você diz pra sua vizinha, tá? Acho que ela não vai curtir seu papinho carola.

— É, talvez ela gostasse mais de conversar com você, com seu papinho político.

— O mundo gira, caipira.

— E volta sempre pro mesmo lugar.

— Adoraria ficar decifrando suas fofocas, mas acabou de chegar a mesa da sala.

— Já tem tudo aí?

— Te mando uma foto da mesa, se você me mandar uma foto da Cassandra.

— Péssimo escambo, cara-pálida.

— Faz amizade com ela, não aguento mais ser sua única amiga.

— Eu não preciso.

12ª

Em muitas madrugadas, estudei imaginando você como interlocutora: dissecava rins na minha cabeça, enquanto te explicava como se formam os cálculos que acometem esse órgão; decorava diagnósticos desenhando para sua sombra; estudava traumatologia, ao mesmo tempo que eles gastavam todo dinheiro com você, te enfiando regalias goela abaixo. Sua imagem era espelho do meu raciocínio, reflexão e refração ideal.

Com você, aprendi a identificar certas peculiaridades do comportamento urbano: a pedir passagem na rua, quando entram na minha frente; a falar mais alto, quando fosse perguntar alguma coisa para um desconhecido; a pegar outros ônibus, além daqueles que levam da pensão para a rodoviária e da rodoviária para a pensão; a andar olhando para a frente, não para o chão. Sofre um impacto inevitável alguém expurgada do meio das pernas de uma família interiorana direto para a boca de uma cidade como esta. Mesmo depois de alguns anos aqui, foi só quando te conheci que meu corpo se aclimatou, você serviu de airbag *tardio, mas funcional.*

Por outro lado, foi também o contato com você que me deu parâmetros para perceber minha inadequação, em contraposição ao seu conforto estrangeiro. Com você, acreditei ser possível chegar aqui e viver aqui, sentindo-se em casa — o mundo é sua casa. Sua desenvoltura e apropriação do espaço pareciam revelar minha falta de naturalidade, mas também me serviam de modelo. A maneira como você transitava pelos espaços e como eu ficava parada no mesmo lugar, como você sabia o que gostava de comer e eu não me alimentava, como você falava e eu escondia, como você revelava e eu temia. Demorei a entender que você também sofria.

Nós nos conhecíamos há mais de um ano e eu identificava uma necessidade de contato excessiva que eu distraía conversando com modelos anatômicos imaginários do seu corpo. Eu também convivia com seus homens através das suas histórias e, apesar desse universo não me dizer respeito e ser naturalmente repelente para pessoas como eu, eu ficava. Mesmo que seus parâmetros morais ofendessem a educação que eu, em partes, recebi e, em partes, desenvolvi sozinha, eu te procurava. Suas histórias, as cores da sua vida e a personagem complexa que você representava me estimulavam a estar com você, ou a te consertar. Talvez você pensasse o mesmo de mim e do meu "conservadorismo", como você nomeia.

Eu tinha ouvido seus saltos entrarem pelo corredor, era tarde, mas sempre era tarde, pensei que você passaria no meu quarto, não passou. Chamei, você não abriu, chamei uma segunda vez e não houve resposta. Bati uma terceira, nada. Ameacei ir embora, uma quarta vez seria demais. Você não costumava fugir de mim. Então eu meti a mão no trinco, me atrevi, estava aberto. Vi aquela mulher sentada, de cabeça baixa entre os dedos, quase não reconheci. Te agarrei os braços, levantei seu rosto e acho que você chorava. Não, não era um choro, eram lágrimas surdas e quase secas. Os lábios rasgados ainda sangravam e cerravam rugas de um ódio contido. O olho ainda estava em processo de inchaço, mas muito acordado.

Perguntei o que tinham feito com você: "Ou você fecha a porta e cuida de mim, sem me perguntar nada, ou volta pro seu quarto e esquece o que viu". Mesmo machucada, você é invulnerável.

Essa, posso dizer, foi a única vez que eu cuidei de você, e não o contrário. Seus braços me permitiram despi-la; sua pele, ensaboá-la; seu colo me autorizou a vestir a camiseta de dormir; cobri seus roxos para descansarem; higienizei corretamente suas feridas e administrei um antitérmico. Sua boca não disse nada, nem o que tinham feito com você nem "obrigada". Ainda que o rosto estivesse atento, o corpo parecia ainda em choque.

Achei que você dormia, quando ajoelhei no chão, encostei a cabeça nos seus lençóis e comecei a rezar, baixinho, perto do seu ouvido. Era assim que lidávamos com esse tipo de coisa de onde eu vinha, era assim que eu sabia ajudar, naquela época, ou ainda hoje, ou talvez eu não saiba. Você me perguntou que ladainha era aquela e eu não soube o que dizer. "Não desperdiça a palavra com milagre alheio, Estela. Aqui não tem santa nenhuma e a única missa que minha boca reza é o beijo." Disse assim, eu não me esqueço, e encostou os lábios nos meus como se beijasse uma irmã. Depois me mandou embora com a mesma língua.

No dia seguinte, apareceu de óculos escuros e um saco de pães frescos na minha porta. Não falamos mais do assunto.

— Quem é?

— Cassandra.

Agora isso, aparece sem avisar, bate na minha porta como se fosse de casa. Justo eu que nem casa tenho!

— Pois não?

— Você tá aí?

Que tipo de pergunta é essa?

— Será que você pode abrir a porta?

Não consigo acreditar, mas abro. Ficamos sobre o umbral.

— E aí, tudo bem com você?

— Deu sorte de me encontrar em casa.

— Você chama isso de casa?

— Bem...

— Estela, não é?

— Parece que sim.

— Faz tempo que você chegou?

— Não.

— Tava no hospital?

— É.

— Você trabalha bastante?

— Trabalho, como todo médico.

— Ah, é, né?

— É.

— É...

— Visitou o bairro aquele dia?

— Infelizmente.

— Que aconteceu?

— Esse lugar é muito feio.

— Concordo.

— Pronto, temos algo em comum.

— É?

— Quer ir lá em "casa"?

— Não posso.

— Por quê? Tá fazendo o quê?

Ela estica o pescoço para dentro do dormitório. Só uma pessoa nova numa cidade como esta para querer amizade com alguém como eu, tão inadequada aqui quanto ela mesma. Insisto em não dar motivos para interesse alheio, mas parece que as pessoas gostam de gostar das pessoas.

— Estudando?

Aponta os papéis em cima da mesa, acho que ela é do tipo que não aguenta ficar sozinha.

— Não, mas deveria.

— Então tá fazendo o quê?

— Você precisa de alguma coisa?

— Trouxe cerveja.

Sorri, seus dentes são leitosos. Parece estar maquiada, mas não está, talvez os poros abertos passem essa impressão, ou a penugem leve e loira amaciando a pele do rosto. É mais feminina de perto, não tem olheiras, parece um recém-nascido, cheira a recém-nascido, ou um filhote indefeso sem mãe. Talvez por isso não consiga ficar sozinha.

— Então?

A falta de incômodo dela denuncia a diferença de idade entre nós: ela insiste em se juntar a mim e é incapaz de perceber o desinteresse da sua interlocutora. Uma ingenuidade quase cativante, até para minhas olheiras.

— Eu ainda não conheci ninguém aqui na pensão, além de você, então...

— Então?

Permanecemos ali, na porta.

— Posso entrar?

Ela entra e pergunta se pode pôr as cervejas na geladeira. Diante do meu silêncio, abre uma para si, outra para mim, e guarda o resto no freezer. Enquanto bate sua lata quente na minha, num brinde unilateral, foge do meu olhar: seria possível que ela estivesse tímida? Evita deter demais o rosto nas minhas coisas, mas tem curiosidade, pelos livros em especial.

— Tá meio quente, né?

— Tá.

— Desculpa, achei que tava gelada quando peguei no mercado.

Sentir a timidez do corpo dela dentro do meu quarto me enche de uma sensação estranha; de tipo excitatória, acredito eu. Seria isso? Uma inversão curiosa.

— Eu faço letras, por isso perguntei.

Aponta para os papéis, enquanto eu os guardo.

— Parabéns.

A cerveja está horrível, mas ela engole de talagada, mete para dentro ignorando o gosto. Eu bebo enquanto suportável, despejo o resto na pia e espero gelarem as que estão no freezer. Ela não comenta meu desperdício e segue evitando olhar diretamente para mim.

— Daqui a pouco as outras gelam.

Me sinto confusa com sua posição ao mesmo tempo trêmula e enérgica, um comportamento bastante difícil de categorizar, um pouco hesitante, de uma gesticulação imprecisa. Falta articulação na hora de pronunciar as palavras, maior precisão nas escolhas vocabulares e até mesmo tônus muscular.

Parece um cachorrinho daqueles que latem até se arrebentar quando veem o dono. Daqueles bons de chutar. Agora eu sou assim? Com ela eu posso ser assim?

— Eu trouxe uns salgadinhos.

Cassandra quer saber sobre minha família, de onde vim, para onde pretendo ir, fuça minha árvore genealógica buscando sombra onde deitar o próprio cadáver. Aqui você não vai enfiar seu membro, menininho. Entrego as informações na medida do conforto, dou o suficiente para que ela não se satisfaça e continue mendigando, pendente, babando, pobrezinha. Na verdade, nos alimentamos da mesma fonte nessa conversa: minha mão. Comemos, comemos, comemos. Não guardo registros anteriores dessa forma de interação; isso de segurar alguém entre os dedos como se operasse seu corpo. Nem me lembro de ter conhecido quem investigasse com tanta vontade meu lixo. Toma. Quer mais? Toma mais um pouquinho! É assim que Helena se sente?

Escuto sua história, ela fala, eu ouço, ela diz. Sobre seus irmãos que foram morar fora, sobre a separação dos pais, sobre a morte do tio. "Ninguém ficou na cidade, só eu. Por isso vim pra cá." Entre uma sílaba e outra, um gole e outro, lanço minha língua numa experiência desajustada, o álcool faz efeito sobre a cabeça sobre a linguagem sobre o discurso, lambo minha própria língua.

Ela fala do meu cabelo e pega nele. Comenta o próprio cabelo, o corte, a tesoura que usa para cortá-lo sozinha e como procede para obter tal e tal resultado e quanto economiza por ano em cabeleireiro e como poderia cortar o meu se eu quisesse. Então eles começam a crescer de fato e se enrolar e me pergunto quanto tempo se passou desde que começamos a beber e penso se bebi demais se dormi se sonho e não importa. Os fios do cabelo dela crescem e se alongam e de repente são enormes e enquanto ela ri e fala, falamos, os fios deliram pelo quarto e atravessam seus dentes polidos seu sorriso leitoso suas maçãs rosa, pássaros que orbitam em torno do meu corpo, entram e saem dos seus dentes, se aninham sobre sua cabeça, dançam e alcançam meu rosto, sopram no meu ouvido, sussurram e lambem meus olhos, sugam e prendem meu pescoço, esculpem uma silhueta para mim e me dão de presente um novo corpo.

Sinto cheiro e gosto inéditos na boca quando acordo. Bons, adocicados. Devo ter dormido profundamente, porque sinto um relaxamento agradável. Agradável? As pernas e os braços parecem gostar mais do contato com o travesseiro e os lençóis do que de costume. A pele me comunica uma vontade de se expandir e expandir os músculos e as articulações. A sensação é tão agradável e nova que quase duvido estar no meu próprio corpo. Os olhos acolchoados pelo sono e uma vontade impressionante de só ficar aqui, na cama, ao lado da... Ao lado de quem?!

Tem alguém na minha cama. Já é amanhã? Não vou conseguir sair com esse corpo encostado em mim, merda. Está vivo?

Levanto devagar uma perna, mas o que eu faço com essa perna levantada agora? Não tem onde pôr a porra da perna. Abaixo a perna de novo. O braço. Levanto um braço, apoio na parede. Essa é minha parede? Não tem como sair daqui sem acordar isso, ela, ele, o quê. O que ela está fazendo aqui? Vai, para baixo, escorrega para a parte de baixo, isso. Desço o corpo até onde os pés dela não alcançam e sento. Ela é mesmo baixinha, né? E magra. Cabemos as duas na cama de solteiro.

Ponho a perna direita para fora do colchão, apoio o pé direito no chão, depois o pé esquerdo, já posso me levantar, ainda bem que isso, que essa. Levanto. Vejo. Os olhos delineiam devagar o corpo estirado em decúbito lateral. Dormimos de conchinha? Conchinha? É escuro. O risco perde o gesto. A faca perde o corte. Eu estou vendo o que eu estou vendo? Os olhos veem Cassandra os olhos veem Cassandra nua os olhos veem Cassandra pelada na minha cama dormindo. O que foi que eu fiz?

Tento ouvir se o corpo respira. Não quero tocá-la para ter certeza. O que ela pode estar fazendo aqui, mais especificamente ali? Os ouvidos me respondem que sim, está aqui e está viva, Estela, respira. Está aqui está viva está nua na sua cama e respira. Viu?

Sob a luz do banheiro, longe dela, passo a mão pelo rosto as mãos pelos ombros as mãos pelos seios pela barriga e sinto prazer e sinto sei lá ouço. Um bom-dia. Depois outro mais alto.

— Você tá no banheiro?

As mãos nos olhos pelos cabelos as mãos nas pernas no quadril nos pelos molhados nos pelos. Bom-dia interrogativo. Estela? Mais alto. Você tá aí? Mais alto. Isso é bom? Não pode ser. Ela chama Estela. Pergunta se está tudo bem com ela. Procuro no espelho Estela. Quem? Estela a esta hora onde está? Estela não responde enquanto Cassandra chama. A voz recua. Ganha tempo. Talvez Cassandra se vista, ouço o barulho dos tecidos, o barulho da sua pele nos lençóis. Sua pele. Nos lençóis de Estela. Não me lembro e depois me lembro. Ela chama Estela outra vez. Ela veste sua roupa, Estela escuta a pele de Cassandra se esfregando nas próprias roupas, onde estavam? Cassandra avisa que vai sair deseja bom dia fala que vai voltar espera que esteja tudo bem com Estela e sai. Com Estela. Cassandra fecha a porta atrás de si, seus passos ecoam no corredor.

Volto do banheiro em segurança, não há ninguém aqui, nunca há, sempre não há. Na mesa, livros, uma porção deles, abertos, marcados. Talvez Estela tenha lido, talvez Cassandra tenha lido, talvez Estela e Cassandra tenham lido juntas, tenham tirado a roupa e se deitado juntas. Juntas deitadas nuas e o que mais podem ter feito. Mordido uma a outra os lábios uma da outra, lambido beijado comido, o que quer que façam uma mulher e outra nuas numa cama, onde quer que se encostem aqui e ali, o que quer que esfreguem e enfiem. Então Cassandra é uma mulher. Então Estela é uma mulher. O que quer que seja não é sexo. Não. Eu não fiz. Eu nunca fiz.

No chão, latas de cerveja. Tudo imundo, tudo asqueroso. Num canto, as roupas de Estela, a calcinha suja muito suja de

Estela, seu sutiã nojento, suas meias empretecidas pelo contato com o piso, o jaleco, por Deus, o jaleco! Cubro as pernas com as roupas de Estela. Cubro os ombros com as roupas de Estela. Cubro a cabeça com as roupas de Estela. Vomito no lixo seco e depois me deito no chão.

— Ixi, minha filha, hoje o bolo atrasou.

— Poxa.

— Não queria te deixar em falta.

— Não tem problema, eu como da próxima.

— Você já tá saindo?

— Sim.

— Então só da próxima, mesmo.

— Falando em bolo, a Helena me disse que ia pedir a receita pra senhora.

— Acredita que ela teve essa audácia?

— E a senhora não passou?

— De jeito maneira.

— Ela deve ter ficado brava.

— Pois só pra contrariar mais um pouco, quem vai aprender é você.

— Mas eu não cozinho.

— Por isso mesmo.

— E eu tô com pressa.

— Eu falo rápido.

— Deixa eu pegar o caderno.

— Guarda essas mãos!

— Por quê?

— Vou lhe explicar de uma vez, tim-tim por tim-tim, e, se você for capaz de entender sem anotar nada, vai ser capaz de fazer igual.

— Não duvide da minha memória.

— Jamais, duvido mesmo é das suas duas mãos esquerdas! Presta atenção:

Ana esboça no ar sua receita. Manipula ingredientes, recipientes e técnicas invisíveis, mas com gestos fortes e bem definidos que reproduzem o passo a passo na minha imaginação. Corta de comprido seis bananas maduras, inclui xícaras de farinha numa tigela feita de braços, derrama óleo e fermento no colo das próprias mãos e queima o açúcar até virar caramelo. Vejo a preparação tomando corpo e crescendo entre seus dedos, colo, seios. Ana delimita a receita feita de ar com clareza e didática, depois o insufla de um corpo carinhoso.

Enquanto o bolo tomava forma, surgiu e cresceu, até se tornar cristalino, o contorno de mulheres conhecidas. Na carcaça de Ana, a ossada da minha família: minha mãe nas suas rugas, minha tia no seu nariz, minha avó na sua pele manchada de sol. Uma versão um pouco mais eloquente e urbana dessas mulheres das quais eu fugi, mas não escapei. Pelo menos às minhas mãos eu dei outro destino: enquanto elas limpam merda em 'privada alheia, eu limpo as tripas que as fabricam.

— Agora, se você entendeu mesmo, em primeiro lugar, vai ter que fazer a receita pra eu provar; em segundo, não vai poder de jeito nenhum passar pra Helena. Combinado?

— Sim.

— Já não deu sua hora, Estela?

Chego para a aula alguns minutos adiantada e procuro não me lembrar de jeito nenhum do que aconteceu ontem. Viarealli deve aparecer em breve. Os outros residentes vão entrando e se instalando nas cadeiras. Essas salas em que acontecem as aulas dos preceptores no hospital são um apêndice curioso da universidade pública no serviço público. Poucos se cumprimentam, alguns mexem no celular, eu abro meu caderno e releio as anotações dos últimos encontros. Penso em Helena e seus papais. Percebo que não tenho real noção de quanto ela tira deles por mês, mas sei que, a cada novo cliente satisfeito, mais alto fica o cachê. Não são clientes, Estela, eu tenho uma relação com esses homens. Uma relação comercial, Helena? Não, Estela, nós temos um relacionamento. Mas eu nunca os conheci. Você não conhece ninguém. Qual o nome do seu *daddy* atual? Que diferença faz pra você? Por que tem de manter fidelidade a esse homem? Quanto ele te paga por mês pra que você o agrade? Só a ele. O que você faz com ele? Conta a verdade. Você pensa em mim, enquanto ele te come? Você acha que o Viarealli paga uma *sugar baby* que nem você pra mamar no dinheiro dele? Você tem orgulho do seu trabalho? Já te disse, Estela, não é só um trabalho. É um hobby? É uma união afetiva. Afetivo-comercial? Você é capaz de amar qualquer um, não é? Até a mim. Cala a boca. Você estaria com eles, não fosse o dinheiro? Nem eles comigo. Você gosta do beijo deles? Eles gostam do seu? Você já se apaixonou?

— Bom dia, residentes.

23/01

Bypass

- bypass gástrico: gastroplastia vertical;
- procedimento restritivo e disabsortivo;
- riscos do pós-operatório: deiscência, embolia pulmonar, entre outros;
- riscos posteriores: hipovitaminose e sarcopenia;
- a desnutrição traz menos riscos à saúde do que a obesidade, antes a falta do que o excesso, sempre;
- 40% de perda de peso e reganho menor, necessidade de uso crônico de vitaminas;
- a obesidade traz doenças para a mente.

IMPORTANTE: Cuidar é cortar, e vice-versa.

— Tá sozinha?

— Tô.

— Conseguiu dormir alguma coisa?

— Não quis, na verdade.

— Dá pra ver.

— Como assim?

— Já se olhou no espelho?

— Por quê?

— Por que você não dorme um pouco?

— Prefiro usar meu tempo com outras coisas.

— Tipo esse desenho feio que você fez aí?

— Não, eu tava estudando, acabei me distraindo...

— Que é isso? Um peixe?

— É, daquele laguinho.

— Que laguinho?

— O que tem na entrada.

— Entrada do quê?

— Do hospital.

— Laguinho?

— Não importa.

— Viu a última?

— Última o quê?

— Jeito de dizer.

— O quê?

— Tão dizendo que o Paulo tá comendo a Jéssica.

— Como é?

— Não ouviu falar?

— Mas como assim?

— Nós, humanos, usamos a expressão "comer alguém" pra indicar quando um sujeito do sexo masculino penetra com seu pênis uma pessoa do sexo feminino, seja pela vagina ou pelo ânus.

— Eu sei o que significa.

— Tem certeza? Não prefere desenhar pra ver se fica mais claro?

— Ele é o preceptor dela.

— Não me diga.

— Isso não tá certo.

— Em que mundo você vive?

— Como assim?

— Isso é o que mais acontece aqui.

— Onde?

— Aqui.

— No hospital?

— Não, aqui mesmo, nesta sala.

— Hã?

— Parece que um R2 viu os dois saindo do banheiro.

— Quando?

— De madrugada, de manhã, qualquer dia desses.

— Ele sabe que isso virou fofoca?

— Não, e nem vai.

— Alguém devia informá-lo.

— Ah, cala a boca.

— Não tá certo, né?

— Tanta coisa errada nessa merda, você vai se importar com a forma como o chefinho resolveu aliviar suas tensões?

— Não se trata disso.

— Se trata do quê, então? Da maneira como a medicazinha resolveu preencher seu buraquinho?

— Não sei por que você tá me contando isso.

— Porque eu tava louco pra poder contar a fofoca pra alguém, e imaginei que você seria a única a não saber, Estela.

— Preferia nunca ter sabido.

— Então finge que não sabe.

— Difícil.

— Faz pouco tempo que as mulheres passaram a querer ser cirurgiãs. Antes só tinha macho nessa profissão, então o Paulão deve estar desacostumado a conviver com vocês, entendeu?

— Entendi.

— Vou deitar, quer vir junto?

— Não.

23/01

Mais um dia em que a medicina consegue recuperar minha fé. Não em Deus ou nas coisas, mas no homem. Na possibilidade de regeneração humana.

A aula me insuflou esperança. Nela, o dr. Paulo Viarealli discorreu sobre gastroplastias, as chamadas cirurgias bariátricas. Falou com detalhes sobre os diferentes tipos de procedimentos, alguns deles mais complexos e delicados do que outros, uns mais efetivos do que outros, mas todos bastante interessantes. A verdade é que mal fui capaz de anotar, tão encantada fiquei com o assunto, por isso volto ao caderno para desenvolver o tema. Certamente me exigirá ainda muitas horas de estudo.

Sem desrespeitar a importância das tecnicidades envolvidas nesses procedimentos, assunto da máxima importância para o residente em cirurgia, sinto como se não pudesse deixar passar essa impressão tão cara que agora me toma sobre o poder da medicina! Assunto subjetivo, sei, mas fundamental. Pois em momentos como esse recobra-se todo o valor, todo o sentido da minha escolha, volto a compreender o que me fez chegar aqui. Para que eu nunca seja como aqueles que não honram o próprio título, não agem de acordo com o juramento, daqueles que não percebem ser esta a profissão mais difícil que um homem pode exercer.

Imersa na magnitude da tarefa que escolhi para mim, há um aspecto que me parece o mais impressionante e que me chamou atenção na aula de hoje: o poder de atuação sobre os costumes. Considero as gastroplastias cirurgias de correção moral. Viarealli não expôs as coisas em tais termos, mas é como eu enxergo esses procedimentos.

Sim, pois, além de reduzir a capacidade de ingestão de alimentos, as bariátricas ainda atuam sobre os vícios. Depois de passar pelo procedimento, o paciente é forçado a transformar sua relação com a alimentação porque o próprio corpo se torna hostil aos seus antigos costumes destrutivos.

O obeso tem a tendência natural ao exagero, isso é sabido, é incapaz de controlar seus instintos desejosos, tem um perfil hedonista, ou então não seria gordo. Exceto nos casos em que esse distúrbio é resultado de outras patologias, como ocorre em disfunções hormonais, por exemplo, ele está relacionado pura e simplesmente à compulsão ao prazer. Os gordos não têm domínio sobre si, infelizmente, são como crianças cujo corpo cresceu, mas a mente não. Basta observar como se entregam de maneira irrefletida aos prazeres alimentares (dentre outros, diga-se de passagem). Um exercício interessante para compreender a lógica do seu comportamento é vê-los comer, assemelham-se mais a animais no cio do que a homens. Enfiam a boca na comida como se copulassem com aquele pedaço de gordura, açúcares e sal. São pervertidos alimentares.

A mão médica, ou melhor, cirúrgica, chega nessa lambança para fazer o corpo obeso impor limites à mente obesa. O paciente não conseguirá, por exemplo, fazer a ingestão dos alimentos de maneira apressada, como fazia antes. Se o antigo gordo, agora operado, comer rápido demais, seu organismo não digerirá a tempo e ele terá que vomitar. Quem tem esse perfil come apressadamente porque são pessoas ansiosas, outro problema comportamental controlado com a cirurgia.

Além disso, por não caber a mesma quantidade que costumava meter no estômago antes, eles sentem saciedade mais rápido, o que os ajuda enfim a perceber o tamanho correto do próprio órgão. Uma das características dessa doença a que chamamos obesidade é a falta de conhecimento acerca das próprias dimensões. Basta observar seu caminhar desengonçado, a forma como tentam se encaixar em lugares onde claramente não cabem, o jeito como saem esbarrando nos outros, uma lástima.

Outra reação da cirurgia está relacionada aos alimentos hipercalóricos, preferidos deles. As comidas que antes estavam acostumados a comer provocarão agora reações adversas: suadouros, desmaios, vômitos, dentre outros sintomas. Uma intervenção efetiva e benéfica para eles. Porque o organismo antes doente vira em si um exemplo de retidão moral para o caráter, seu aparelho digestivo se transforma num modelo de comportamento para o cérebro, que se encontra em espiral viciosa. Uma manobra forçada em direção à cura!

Depois que o paciente emagrece o suficiente, quando a remissão é completa, o mundo todo em volta de si passa a fazer mais sentido, seu corpo passa a caber nos espaços, sua mente já é mais adequada, suas dimensões não provocam mais tanto incômodo nem a si nem aos outros, passa a ser um indivíduo melhor para a sociedade e serve de modelo. É claro que todos deveriam conseguir ter um corpo normal sem precisar de cirurgia, basta querer, mas não é justamente a iniquidade do mundo que a medicina corrige?

Vivemos hoje uma vida de excessos, e os médicos precisam lidar com esse fator. Os homens já não valorizam mais a própria vida como antes. Quantos chegam aos consultórios e hospitais doentes por abusarem de drogas, comida, álcool, sexo? E nesse mundo frouxo, nesse mundo faminto, exageradamente guloso, incontentável, essa é a palavra, cheio de pessoas incontentáveis, nesse mundo onde a perversidade suplanta os valores, a saúde, a vida, esse mundo afogado em gordura — gordura, que é, em si mesma, um excesso, um exagero, uma desnecessidade —, nesse mundo de desnecessidades, onde ninguém mais sabe o que é essencial ou fútil, onde ninguém mais sabe... nesse mundo, ficamos obrigados a lidar com os detritos e a sujeira, limpando zonas que o homem comum sequer consegue alcançar.

Sem questionar essas pessoas — que passam a vida negligenciando a saúde até um ponto incontornável no qual se encontram engolidas pelos maus hábitos e já não diferenciam mais o corpo do lamaçal onde o enfiaram —, os médicos as ajudam a continuar. Ressuscitam-nas, abrem sua pança, dignificam de novo o sangue que bate nos seus peitos, costuram seus hábitos, colam sua moral, consertam seus maus costumes, tiram vida de onde só havia destruição, retiram-nos do meio do lixo que eles mesmos produziram como se arranca um bebê de dentro do útero, recuperam-nos do seu caminho em direção à morte, não os abandonam na podridão putrefata de gordura e prazer onde se enfiaram!

Inclusive, será um grande profissional aquele que descobrir a cirurgia capaz de atuar nos vícios químicos, assim como fazem as bariátricas com os vícios alimentares. Os dependentes acabam não só com a própria vida, mas também com a alheia. Ademais, observando os rumos da nossa sociedade, é evidente o quanto cultivar uma vida saudável parece incompatível com essa geração que cresce sem limites. Nesse ambiente de depravação — não há outra palavra —, se quisermos realmente salvar os homens de si, a única saída para nós, profissionais da medicina, é sermos mais intervencionistas. Se eles querem ser cada vez mais infantis, precisarão cada vez mais de pais!

É preciso admitir, no entanto, que existem alguns pacientes cujo terrível estado no qual se encontram não é inteiramente culpa dos próprios. Trabalhando num hospital público, lidamos com os mais diversos tipos de gente, e há aqueles que não se enfiaram na boca do bueiro, mas foram empurrados para lá. Crianças abandonadas pela família, por exemplo, que se tornam adultos indigentes e têm que se alimentar de restos; enfermos mentais que não foram atendidos por especialistas e acabam vivendo perturbados pelo seu distúrbio; miseráveis que são miseráveis; assim por diante. E mesmo sabendo que indivíduos como esses colaboraram com o próprio estado, afinal, ninguém chega ao fundo do poço sem se esforçar um pouco... por mais que compreendamos que essas pessoas entregaram a própria vida ao destino das ruas, desistindo de si mesmas, sinto, ainda assim, pena. Muitas vezes são homens fracos, nada além disso, física e moralmente fracos. Pessoas menos resistentes do que o resto e, nesses casos, sinto dó. Quantos teriam o mesmo destino se não fossem fortes? Em casa também já faltou o alimento, nós também já tivemos fome e nem por isso... E talvez seja tão difícil aceitar os que se matam pelo excesso, que comem até explodirem, por saber que há quem morra da falta.

14ª

Teve até um dia em que você tentou me ensinar a cozinhar. Falhou, claro: afinal, não se ensina o que não se sabe. Em mais uma entrada cênica, você chegou ao meu dormitório com duas sacolas nos braços e disse que eu aprenderia como se faz patê de ovos: "Alguma coisa você precisa saber cozinhar pra não passar fome, Estela". Achei a escolha do cardápio peculiar.

Não precisei comunicar minha ignorância em relação àquela iguaria, já era do seu conhecimento a configuração limitada do meu paladar. Preferia, na época, e ainda prefiro, não arriscar quando o assunto é o estômago, já sei que meu aparelho digestivo lida bem com as comidas mais simples, com as quais estou acostumada, mas é arredio a inovações e peripécias gastronômicas. Soma-se a isso uma criação interiorana que acostumou meu organismo à repetição de maneira disciplinar, uma das características positivas da educação que recebi, diga-se de passagem.

Nesse dia, dona Ana não estava, ou teria impedido a catástrofe que você fez na cozinha da pensão. A começar pelo cozimento do ovo: tínhamos exatas doze unidades, mas precisávamos de apenas cinco ovos e quase ficamos sem nenhum depois de você desperdiçar seis. Alguns você deixou tempo demais na água; outros, tempo de menos; de uns rompeu a casca ao colocar na panela; não verificou se estavam em boas condições para o consumo e ferveu um estragado. Uma sequência de inabilidades que me surpreendeu.

Enfim conseguimos obter cinco ovos cozidos porcamente descascados. Neles, você enfiou um monte de maionese, picou qualquer coisa verde, colocou sal e queria que eu comesse. Não é que estivesse ruim, mas, além de muito salgado, enjoativo. Estava ruim. Por fim, o que mais me surpreendeu não foi sua péssima mão para o tempero, ou sua falta de paciência com os ingredientes, isso eu poderia esperar de alguém que mora num pensionato, mas que você não tivesse consciência da sua inaptidão culinária. Seu susto foi até maior que o meu quando percebeu que não tinha nada a me ensinar sobre aquele assunto. Havia então alguma coisa da vida prática que você não sabia. Claro que você entendia que não era chefe de cozinha, mas acreditava saber o suficiente para poder me educar.

O patê foi para o lixo, as torradas comemos secas e eu me alimentei do constrangimento que sobrou no fundo da tigela. Por isso mesmo não contei que, apesar de não ter o hábito de cozinhar, na verdade eu havia passado a infância, e parte da adolescência, ajudando minha mãe nas refeições. Sabia fazer todo tipo de comida simples, comida de encher o estômago, não de gostar. Não relo a barriga no fogão por opção. Sempre que pude não cozinhei, nem comi, nem dormi.

A receita da tia leva coentro, vou comprar, pode ser que ela não goste, vou levar salsinha. Acho uma galinha gorda, tomates maduros, pimentões verdes, fubá mimoso bem amarelo, louro. Confiro a lista mais duas vezes, antes de passar no caixa. Essa é sem dúvida a maior compra que já fiz no mercado. Cerveja? Ela vai ter lá.

Ajeito tudo na mochila, coloco no bolso um papel com o endereço, o número do ônibus e o ponto onde descer. Estou pronta para o passeio no dia de folga. Peço que o cobrador me avise na parada certa, ele assente com a cabeça, usa fones de ouvido. Pergunto se ele escutou, ele não tira o fone, olha para minha mochila e assente de novo. Escolho o assento mais próximo a ele e passo a viagem inteira olhando para sua cara. O desgraçado vai ter que me ajudar! Depois de uns vinte minutos, pergunto se está chegando, ele faz que não. A galinha começa a cheirar e as pessoas olham: se eu comprasse congelada, ia ficar pronto amanhã. Será que veio com os miúdos? Sem eles, não consigo fazer a farofa. O agrião amassou dentro da mochila. Pergunto para o cobrador quanto tempo falta e ele diz bem alto para eu ficar tranquila, que ele vai me avisar quando for a hora de descer. Duas vezes desgraçado! Uma moça senta-se ao meu lado, olha para mim, para a minha mochila, levanta-se e senta-se em outro banco, do lado de um gordo suado. Minha galinha é mais fedida do que ele? Passamos por quatro semáforos verdes, reconheço o centro da cidade pelas fotos, mais do que pelas vezes que estive aqui. Por que eu inventei isso? Sei que ali tem um cinema, ali um museu, adiante um parque. Entram e saem do coletivo mulheres das mais diferentes e homens dos mais iguais. O cobrador empurra o ar com a ponta do nariz e eu pergunto se é comigo. Parece que sim. Ele aponta a porta por onde eu tenho que descer, me levanto e vou até lá. Seguro a mochila na frente do corpo e não nas costas, para não ser furtada.

Antes de descer, o cobrador me indica a rua onde devo ir. Só virar ali. Muito obrigada, desgraçado. A placa diz o nome correto, mas um adesivo tampa os números. Uma manifestação começa a se formar aqui mesmo, ainda bem que cheguei agora, ou talvez não chegasse mais. Um vendedor ambulante com água e outras bebidas esbarra em mim com seu carrinho e quase me joga no chão. Pede desculpas, pelo menos. Pergunto na banca de revistas se o jornaleiro conhece o prédio onde eu vou. Ele dá risada e aponta o edifício à nossa frente. Toco o interfone, o porteiro atende, consigo vê-lo daqui, mas ele não abre para mim, digo que vou ao apartamento de Helena.

— Qual número, moça?

— 53.

— Seu nome?

— Estela.

— Aguarda um pouco aí.

Enquanto espero, uma massa indistinta de pessoas começa a andar no mesmo sentido, o protesto começa a engrossar e pretende fechar a avenida, ouço alguém dizer. O porteiro demora a dar uma resposta, mas enfim sai da sua guarita simpático e vem na minha direção. Enfia dois terços da cara de lado numa janelinha, mas não abre a porta.

— Ninguém atende.

— Como assim?

— Apartamento 53, né?

— É.

— Uma moça nova, chegou no prédio faz pouco tempo?

— Sim, Helena.

— Morena assim, alta, bonita?

— Ela mesma.

— Você é amiga dela?

— Ela não está?

— Não tá, não.

— O senhor sabe aonde ela foi?

— Moça, não tenho autorização pra ficar dizendo esse tipo de coisa sobre os moradores. Você conhece ela de onde?

— A gente morou junto.

— Ah, é? Ela faz o quê? Trabalha com quê?

— O senhor não sabe mesmo onde ela tá? Pra onde foi?

— Parece que foi viajar.

— Foi?

— É... parece. A senhora não avisou que vinha?

— Não.

— Aí fica difícil, né?

— É.

— Mas não fica assim não, outro dia ela volta.

— Obrigada. Quer uma galinha?

— Não entendi...

— Não, nada não.

Não sei como ir embora daqui. Pensei que teria Helena para me orientar. Tudo bem. Pergunto novamente ao jornaleiro, que ri da minha cara, aponta a multidão, diz que ali tem um ponto de ônibus escondido, mas hoje só amanhã. A manifestação me cerca e me leva. Algumas pessoas fazem coro aos gritos de ordem, outras tentam fugir. Estou no meio deles, nos intestinos da cidade. Sigo. Já não há diferença entre a calçada e a rua. Alguém tropeça. Uma senhora olha para mim arqueando as sobrancelhas. Um homem passa por mim, faz uma careta e desvia. Uma criança andando ao meu lado tapa o nariz. A galinha. O cheiro da galinha. Eles caminham devagar e suam. Tem muita gente aqui. Eles falam coisas. Se alguém soltasse uma bomba no meio, faria um estrago tremendo. Alguns batem tambores. Alguns gritam. Se eles tivessem que correr da polícia, acabariam se pisoteando. Tem alguém com um megafone. Mas eu estou aqui no meio. Pela primeira vez vivendo essa atração turística típica das megalópoles. À sua esquerda, pessoas. À sua direita, pessoas também. Está quente. Uma zona de isolamento se formou em torno de mim, da minha mochila. Eles não gostam do cheiro da galinha, mas não se incomodam com os mendigos? Se eu feder bastante, será que alguém me dá uma moeda? Um sujeito passa por mim e me empurra. A luz do sol é tão intensa que é branca e tem gume. Um indigente segue a multidão, me olha e dá risada. Rio de volta com minha própria lâmina. Ele gargalha entre os dentes podres. Cospe. Cai. Seguimos. Vou mais meia hora de percurso entre placas, gritos, tambores e olhares. Ninguém me dirige a palavra. A zona de isolamento segue funcionando em torno da galinha. Vocês têm nojo? A polícia impede os manifestantes de entrarem na avenida principal. Ficamos parados no cruzamento. Pessoas passam por mim e desviam. Vendedores ambulantes oferecem camisetas, botons e faixas estampados com frases de efeito, caras de políticos e símbolos ideológicos. Mercadoria como qualquer outra. Homens e mulheres bebem cerveja e água. Está muito quente. Sinto sede. Ouço manifestantes gritando com a polícia. A cavalaria se eriça. Parece que haverá confronto. Retiro da mochila os ingredientes para o guisado. Coloco um por um no chão e me afasto. Alguém escorrega no sangue da galinha e cai. Outro pega a farinha e leva. Um terceiro me chama de louca, gritando. Um quarto me pede para voltar e recolher aquela macumba. Um quinto pergunta para um sexto: "Aquilo é agrião?". A polícia solta sua primeira bomba. Eu saio correndo.

Acordo com fome. Tirei um cochilo à tarde, parte da noite. Não devo ter comido nada hoje. Já sei que é tarde. Tenho fome mesmo. Ando até o banheiro. Acendo a luz. Vou do banheiro para a cadeira. Sento-me. Sem roupa. Da cadeira até a cama. O que vou mastigar? Da cama até os livros. Todos esses livros. De volta para a cama. Cubro o corpo com o cobertor. A roupa jogada no chão. Meus pelos. Joguei minha roupa no chão. Não no cesto. Deitei. Dormi. Acordei. Nessa ordem. Agora tenho fome.

Passa da meia-noite.

Uma fila de formigas anda pela parede, perto do batente da porta. Me aproximo delas e observo enquanto descrevem um percurso descendente até o chão. Lembro-me delas, de vocês. Dessas mulheres que leem formigas. Elas diriam: vai chover. Enfio a ponta de uma caneta entre uma e outra, transtornando a ordem do seu curso.

Abro o pequeno basculante do meu quarto, acima da escrivaninha, que dá para o corredor da pensão. O cheiro fresco antecipa o fato, a madrugada está úmida e o recém-nascido nem chora.

Toco a maçaneta e a porta se abre sem nenhum esforço. Deixei aberta.

Abro. Venta. Venta bastante. A corrente de ar derruba o copo em cima da mesa de cabeceira, que cai no chão e se quebra. A pensão está em silêncio. Só o vento fino passa gemendo pelas portas e janelas. Fecho os olhos. Nada. Não sei que dia é hoje, mas é madrugada. O céu avisa a tempestade. Não há uma única estrela. Elas estavam certas. O vento lambe meus pelos e meus cabelos. O vento eriça meus mamilos. Desorganiza meu corpo, zombeteiro. A tempestade anuncia sua chegada. Abro os olhos. Abro as narinas. Abro os ouvidos. Abro a boca.

Ando até seu dormitório. Trovoa. A luz está acesa. Ouço os primeiros pingos. Bato à porta. O vento desvia o curso das gotas. Você não pergunta quem é. Não sinto frio. Você sabe quem é. Os pingos são grossos. Você abre a porta. A água se avoluma. Você se surpreende com minha nudez. Ou com a chuva. Você também está com fome. As gotas castigam o teto. Agarro seu pescoço. O barulho d'água na palma das plantas. Meto a língua na sua boca. O gosto da chuva no piso. Chupo seus lábios. A água nos ensurdece. Lambo seus dentes. O vento zune. Você fecha a porta. O solo encharca a chuva. Empurro seu corpo contra a porta de metal. O vento escorre pelas paredes. Cheiro e puxo seus cabelos. O vento surra a janela. Arranco sua roupa. A água esfria o asfalto. Como seus mamilos. O vento bagunça as plantas. Me alimento da sua barriga. O ar serpenteia os seus pelos. Mastigo as gotas d'água. Os raios nascem. Como seu períneo. A terra cospe a chuva. Engulo sua virilha. A terra sorve seus joelhos. Bebo os trovões. O asfalto penetra a água. Mastigo os trovões. O vento deseja sua pele. Me alimento do vento. A chuva deseja a luz. Até você gritar. A chuva geme. Na minha mão. A chuva molha meus dedos. No meu palato. A lua me lambe. Nas minhas unhas. Lambe a sua cara. Nas minhas narinas. Afogo meus dedos. Nos seus lábios. O tempo devora. A chuva grita. A tempestade arde. A chuva geme. A gente engole. O chão não existe. E morre.

Faço companhia para o seu corpo sob o cobertor até que ela adormeça. Descolo seus dedos pequenos da minha pele, que dormiram agarrando meu braço, e saio. Em silêncio como entrei, em silêncio como permanecemos depois. Nessa hora que prescinde das palavras. A tempestade ainda ensurdece a pensão. Todas descansam. Ando pelo corredor, enquanto está escuro e ninguém pode ver meu corpo sem roupas. Escuto o sono das mulheres que moram aqui. Penso no que aconteceria se essa chuva não passasse. Se a pensão, feito um barco, se descolasse do chão e flutuasse. Toda a tripulação de garotas continuaria dormindo enquanto navegamos pela cidade em ruínas? As do segundo andar olhariam pelo parapeito como nos cruzeiros e balançariam seus lenços se despedindo dos afogados. As mais sensíveis apontariam para os edifícios inundados e chorariam pensando na família. As do primeiro comemorariam nossa salvação, em meio ao dilúvio, depois de quase terem se afogado. Eu sentiria imensa sede, uma sede de bicho, pediria que todas elas me dessem de beber e nem toda água seria suficiente. Eu seria feliz? Eu beberia de uma a uma, de uma a uma, até não sentir mais vontade. E prefiro me afogar aqui dentro, por favor. Colo o corpo numa porta que dorme, caminho sem frio nem pressa pelo corredor, escuto o sono do dia, ouço a madrugada acordada. Com um ouvido a tempestade, com o outro, sua respiração, com os pés sinto o sabor do chão molhado, sigo empurrada pelo vento, de uma porta a outra, vento que lambe meus cabelos, meus pelos, que lambe meus olhos nus.

Os encaminhamentos parecem todos mais simples hoje. Tanto pré como pós-operatórios configuram-se claros nas minhas mãos, que servem de instrumentação para outros médicos. Caminho pelo hospital com mais agilidade do que o habitual e todas as salas parecem estar abertas. Olho mais para os olhos dos pacientes, diferenciando-os menos. São todos iguais hoje. Os nomes e os sobrenomes nas anamneses soam como uma só música, feita das mesmas notas. A agilidade dos dedos é tão fluida quanto automática e impensada. Assim também converso com os meus colegas e me alimento. Sem precisar tomar decisões. Esqueço-me do relógio porque não necessito dele e quase me confundo com as paredes do hospital.

Viarealli me intercepta no corredor para fazer um convite.

Diante do meu desempenho na última cirurgia, solicita minha participação junto à equipe dele num procedimento eletivo e de baixo risco: permitirá que eu realize uma incisão simples, manipulando os instrumentos.

Sinto-me preparada e satisfeita, apesar de saber que contei com um nível indesejado de inconsciência na cirurgia à qual ele se refere. Disse qualquer coisa de que não me lembro, mas o que eu não me lembro salvou a vida do paciente. Não tive coragem de perguntar o conteúdo da minha intervenção naquele dia, admitir para ele que fiz sem saber, sem ciência. Ainda assim, fui eu. Não fui? Eu. Quem? Salvei o paciente. Além disso, se naquele estado pude atuar de maneira responsável e protagonista, apesar do sono e seus efeitos, então agora, consciente e descansada, haverei de ser ainda melhor.

Na sala de cirurgia, ajudo a preparar o paciente, como de costume. Verifico o posicionamento da manta térmica, para garantir temperatura adequada para o corpo, e inspeciono a posição do campo verde no local exato onde deve ser realizado o procedimento. Deixo a orquestra preparada para a entrada do maestro, dr. Paulo Viarealli. Na hora exata, nem um segundo antes nem depois, sei que ele solicitará meus dedos e permitirá que eu atue, pela primeira vez, segurando um bisturi para realizar a incisão numa pele humana, viva e desacordada. Entregue às mãos do médico. No hospital.

— Estela, peça o bisturi para o instrumentador.

Os outros residentes me olham, talvez orgulhosos, talvez com inveja. Sinto a aposta investida em mim e o peso afiado da correspondência. O gume da faca que corta para todos os lados.

— Bisturi.

Seguro com firmeza a lâmina, posiciono-a no local adequado e...

— Puta que pariu, Estela!

— Doutor...

— Cala a boca e sai da minha sala de cirurgia agora.

— Então tá tudo bem com você?

— Obrigada por ligar.

— Como se eu não fizesse isso sempre.

— Onde você tá, Helena?

— Acabei viajando.

— Quando?

— Viemos visitar uma casa aqui, saímos ontem à noite.

— Como assim?

— Ele quer comprar uma casa no interior...

— Ele quem?

— Pra gente poder ficar sossegado no fim de semana.

— Seu papi novo?

— Ele não é novo, faz já uns meses que me pediu exclusividade, eu te disse.

— Contrato de um ano?

— Talvez vitalício.

— Sério?

— Eu não trabalho mais pra ele, Estela.

— Ele é quem trabalha pra você, né?

— Virou outra coisa.

— Ele é seu namorado? Vai casar?

— É uma casa bonita, no interior, bem isolada. Tem lareira, sauna, adega, piscina, tem tudo, até uns patinhos.

— Só pra vocês irem no final de semana?

— Ele disse que vai botar no meu nome.

— A casa?

— Vai ser minha.

— Mas você acabou de se mudar.

— Não vou morar aqui, já disse.

— Com que ele trabalha?

— É lindo esse lugar, vou te mandar umas fotos.

— Como quiser.

— E você, onde tá?

— Na pensão.

— Não tá trabalhando hoje?

— Não, tô meio afastada.

— Como assim?

— Uns dias de descanso.

— O que aconteceu? Você pediu pra ser afastada?

— Não.

— Eu volto agora, se você precisar.

— Calma, mamãe.

— Começa a falar...

— Eu cometi um erro, durante um procedimento.

— Foi sério?

— Não sei, pediram que eu fosse embora imediatamente e não pude acompanhar o pós-operatório.

— Eles ficaram bravos?

— O que você acha?

— Aposto que não tinha comido direito, né?

— Quê?

— Todo mundo erra.

— Não nós.

— Até vocês.

— As coisas não funcionam assim.

— Faz quanto tempo que isso aconteceu?

— Foi ontem.

— E você vai ficar quanto tempo em casa?

— Uma semana.

— Bom, aproveita pra descansar.

— Depois do que eu fiz?

— É, justamente por isso.

— Foi um erro banal.

— Os erros são banalidades, não grandes espetáculos.

— Basta um gesto.

— Tropeçar, derrubar, cair... pisar apenas um pouquinho além da linha demarcada, ali onde o acerto termina e o erro começa.

— Os acertos também, não é? São banalidades.

— Basta um gesto.

— E a sapatão, hein?

— Quem?

— A menina que parece homem.

— Cassandra.

— Como ela vai?

— Por que eu saberia?

— Você não fez amizade com ela, Estela?

— Não.

— Para de ser preconceituosa, é só uma lésbica.

— Se eu fosse preconceituosa, Helena, não seria sua amiga.

— Você é sim, mas vai dar uma voltinha com a Cassandra do mesmo jeito, quem sabe você acaba gostando da coisa e deixa das suas besteiras.

— Tá com ciúmes?

— Tá chovendo aí também?

— Até alagou.

— Jura?

— E parece que não foi só aqui, em outras cidades também. Teve lugar que inundou completamente: as casas, os carros, os ônibus; gente que morreu engolindo lixo, com a cara entupida de água de esgoto, enfiando a cabeça contra os postes e os muros.

— Por que você não me faz uma visita, quando eu voltar de viagem?

— O centro é muito longe.

26/01

Estou dormindo há doze horas, com interrupções. Ainda ouço barulho de chuva. No celular, Helena pergunta se estou bem, Cassandra me convida para ir ao cinema, minha tia precisa tirar a vesícula e quer saber o que é vesícula. Volto a dormir...

Acordo para comer. Agora já durmo há vinte horas, com interrupções.

27/01

Consigo ficar acordada por uma hora, hoje já não é mais dia 26, e sim 27.

Abri os olhos e escrevi isto hoje. São 18h43.

Página principal do site de notícias: "Cientistas da Nasa explicam por que não chove em Marte".

28/01

Hoje é dia 28 de janeiro, madrugada.

Tempestade lá fora.

29/01

Página principal do site de notícias: "Chuva mata quinze pessoas no litoral".

Pelo basculante, vejo algum sol.

31/01

Errei. Cometi um erro grosseiro e possivelmente letal numa cirurgia simples e eletiva. Estava consciente e ainda assim errei. Errei, mas não tenho nada a dizer sobre isso.

Equilibro as articulações sobre o tapetinho ao pé da cama, testo os tornozelos, os joelhos. Estou em pé, estou mesmo. Testo os ouvidos, parece que a chuva deu uma trégua: pingos esparsos estalam no teto de zinco. Bom dia. Testo a glote engolindo saliva e balbucio alto. Enfio dois dedos pelo nariz. Estou acordada. Visto uma roupa. Arreganho a língua para ter certeza de que não sou um bicho. Calço os tênis. Atiro os braços contra o ar feito um louva-deus. Vou até a farmácia.

— Metilfenidato, 20 mg. Trinta cápsulas, correto?

— Sim.

— Mais alguma coisa, senhora?

— Guaraná em pó.

— Isso a senhora encontra ao lado do caixa. Mais alguma coisa?

— Tem isotônico?

— Isso a senhora também encontra ao lado do caixa, naquela geladeira.

— Quanta boa vontade.

— Perdão?

Viro as costas para o balcão de atendimento e dou de cara com ela. Não identifico a sensação, mas a identifico, a pele e o cheiro. Eu a conheço. Não gosto da ideia de que ela possa ter me seguido até aqui.

— Oi, Estela.

— O que você tá fazendo aqui?

— A mesma coisa que você, imagino.

— Comprando remédio?

— É.

Tem cara de quem toma antidepressivo, ansiolítico, qualquer merda dessas para se sentir menos desequilibrada. Saio na frente, sem esperar que ela termine de passar no caixa, mas ela me alcança no caminho.

— Tá indo pra pensão?

— Tô, claro.

— Tô indo pra lá também. Vamos juntas?

A chuva volta a engrossar, não trouxe nada para me proteger. Estamos perto, afinal. Ela abre um guarda-chuva sobre nós.

— Gosta de pegar chuva, é?

— Não.

— Foi uma brincadeira. Tá chegando do hospital?

— Não, não.

Ela segura o portão e indica que eu passe na frente. Sua magreza encostada na minha não é mais estranha. E isso é estranho. Enquanto ela bate o guarda-chuva contra o chão para secar o excesso de água, de costas, volta a se parecer um homem, alguém que não conheço. Isso me acalma.

— Tem planos pra mais tarde, Estela?

— Preciso estudar.

— Qualquer coisa, aparece lá em casa.

— Hoje acho que não.

— Você recebeu minha mensagem?

Fico em silêncio e ela espera uma resposta. Os olhos vacilantes. Ela morde os lábios, me sinto impelida a morder sua boca. Me sinto o quê? Penso em Helena e na galinha podre sambando na avenida, nos intestinos da cidade chamados equivocadamente de coração. Andamos em direção aos dormitórios. Penso no quê? Acho engraçado. Helena, a galinha, Cassandra, a manifestação, a avenida e os intestinos, mais importantes do que o coração.

— Por que você tá rindo?

— Como?

— Você tá rindo, Estela.

— Tá com fome?

Nem ela nem eu entendemos minha pergunta sem sentido, que sai como um disparo. Ainda assim, espero que ela queira o que eu não sabia querer. Estou em pé. O que eu quero?

— Cansaço, Cassandra, desculpa.

— Você me perguntou se eu tô com fome?

— Parece que sim.

— Acho que sim, que eu tô com fome, você quer comer?

— Acho que sim, acho que eu tô com fome.

— Você precisa de ajuda?

— Pra comer?

— Pra fazer comida.

— Não, acho que eu vou pedir alguma coisa.

— Você por acaso quer minha companhia?

— Perfeitamente.

— Perfeitamente?

— É, acho que eu quero.

Cassandra me encara, foca os olhos no buraco oco que é minha boca, de onde espera sair alguma coisa. Se eu já acertei uma vez sem saber que errava, posso errar outra vez sem saber que acerto. Acho que eu tenho vontade de estar perto do corpo dela.

Semana que vem, volto a ser médica.

— Só que eu não como carne.

Ela não poderia ser mais insuportável.

— Mas come leite e derivados?

— Pelo menos por enquanto, mas quero parar.

— Você vai querer me convencer a ser vegetariana também?

— Você por acaso tá querendo ser convencida?

— Não.

— Então não.

Sorrimos uma para a outra, isso acontece, sem que eu pudesse prever, acontece. Uma para outra sorrimos, esboçando luz entre os dentes. Seus dentes, imagino nós duas comendo juntas, ela mastigando, engolindo, falando de boca cheia. Por que eu fui propor isso? Quero desistir, mas seu farejo apurado e servil prevê minha desistência:

— Uma pizza, o que acha?

— Pode ser.

— Eu pego e depois passo lá no seu quarto. Tá?

Como consegue ser tão conveniente e inconveniente ao mesmo tempo? Apresentar-se e retirar-se na medida certa do irrecusável? Cassandra sabe como se enfiar na minha vida de modo inescapável e. E talvez eu. O quê? Não me resta outra coisa a fazer nos próximos dias além de estudar e comer. Cassandra. Talvez. Depois nunca mais, uma última vez.

— Veio rápido.

— Foi mesmo.

— Você gostou dos sabores que eu escolhi?

— Tá bem.

— Tá quente.

— Como deveria.

— Por que você fala tão pouco?

— Eu?

— É só comigo?

— Não, prefiro pensar.

— E você não pensa enquanto fala?

— Não tão bem quanto de boca fechada.

— Na sua família todo mundo é assim?

— Nem todo mundo.

— Você nunca volta pra Eldorado?

— Quando é necessário.

— O que eu posso te perguntar pra que você fale mais?

Não sei. Fecho a cara para não ser esquartejada e engolida. Repito as perguntas que ela fez para mim. Ela parece achar o comportamento esquisito e eu gosto do medo dela. É isso? Sim. Gosto do medo entre suas sobrancelhas. Ela é quem se assusta, eu não estou assustada. Escuto. Mastigo. Olho. Quem foi o imbecil que inventou uma pizza de cogumelo? Não consigo tirar a cara da cara dela, do nariz dela, das gengivas à mostra, à mostra demais, o sorriso enorme e exageradamente gentil.

— Sabia que tem cirurgia pra corrigir esse seu problema na gengiva?

— Que problema?

— De ser tão evidente.

Seguro minha mão para não bater em seu rosto, rasgar sua carne com os dentes, puxar seu cabelo, arremeter contra seu peito, cuspir.

— Gengivectomia ou gengivoplastia.

— Você acha que eu preciso de plástica na gengiva, é isso?

— Que corresponderiam ao recorte do tecido gengival, no caso da primeira, e à remoção do osso que circunda a coroa e a arcada dentária, no caso da segunda.

— Você não é dentista, é?

— Não, sou médica.

— E dentista não é médico?

— Tá bem longe de ser, inclusive.

Cassandra come, mastiga, fala. A penugem sobre a pele começa a criar brilho e corpo, os pelinhos loiros do rosto dela vão se avolumando, sua cor límpida, um caramelo aquoso e brilhante, vai ganhando tons mais escuros, cor de água parada, os pelos vão engrossando, o campo da cara vira lã confortável, musgosa, escorregadia, enquanto ela come e mastiga e come e fala.

— Por que você fala tanto?

— Porque, ao contrário de você, eu penso melhor em voz alta.

Escuto o som da sua mastigação e da sua baba, da língua que encontra o palato, invade as bochechas, úmida e gentil, da folhagem felpuda e densa das bochechas, que língua estúpida, que mulher estúpida, estúpida e mulher, essa língua que nada feito peixe no lodo da sua cara e nele se camufla e nele se esconde e dele se alimenta e vira lodo. Cala a boca, Estela. Seus olhos lambem meus livros, minha cama, sua boca comenta o tempo, a chuva, o aguaçal que dura uma semana, mais?, menos?, você não sabe. Eu não consigo dizer palavra, só escutar, ela entende. Entende e fala. Mais do que entender, ela obedece, e sua obediência me impele a rasgá-la. Fica quieta. Rasgar seu corpo com os dentes com as mãos no grito na unha até estraçalhar toda carne, todo suco, toda gengiva, toda mercê, mandar seu corpo daqui para a maca, arrancar seus pelos sua pele comer suas juntas e seus tendões chupar seus músculos e. Quieta. Só hoje. Rasgá-la e depois costurá-la. Cala a boca. Última vez. Abrir e fechar. Cortar e costurar e. Repetir isso até que. Não sobre nem mais carne. Nem mais pele. Nem mais órgão. Nem sangue. E deixar que você faça o mesmo comigo. Por favor. Faça o mesmo comigo. Por favor.

— Se você já tiver terminado, eu vou precisar voltar a estudar, Cassandra.

— Me chama de Ca.

— Não.

— Tá tudo bem?

— Tá tudo bem, mas eu preciso estudar.

— Claro.

— Você pode ficar aí, se quiser.

— Ficar aqui? Pra quê?

— Sei lá.

— Não entendi.

— Falei pra ser educada.

— Você não é educada.

— O quê?

— Você não sabe o que quer, né?

— Eu quero estudar.

— Vou deixar a pizza aí.

— Leva embora.

— Olha pra mim, Estela.

— Eu não sou como você, Cassandra.

— Eu sei, eu conheço gente do seu tipo. Já cruzei com muita mulher que me olhava com esses mesmos dentes. Somos muito diferentes sim. Você tem medo e eu não.

15ª

"*E aí, caipira, a água tá salgada?*" *Seu sorriso refletido nas ondas, seus ombros boiando esparramados, a forma como você se enfiava e saía do mar e sua cara, quando você disse isso, nada em você previa como algo em mim reagiria. Eu era mesmo caipira.*

Você repetiu a pergunta mais alto, achando que eu não tinha escutado, depois me chamou pelo nome. A praia estava mais vazia do que de costume, foi o que você me contou, eu não conhecia o costume. Era segunda-feira e sua insistência tinha conseguido me fazer matar aula pela primeira e última vez na vida.

Conforme eu não respondia, você ia se aproximando. Nem numa segunda, nem numa terceira, nem numa quarta vez eu respondi. Suas mãos agarraram meus braços que boiavam duros e me puxaram para perto, seus olhos se apertavam contra o sol, sua boca mordia os dentes, seus cabelos grudaram no meu braço e eu te vi.

A dissolução salgada da onda na orla, enquanto ela batia seu corpo sonoro contra a areia, os restos de espuma engolidos pelo calor e pelo solo, eu vi esses gestos vagos na paisagem, mas também no seu vaivém. Na maneira como seus lábios tremiam, mas também na certeza das suas palavras. Na dureza da sua voz absorvida pelo marulho. Na aspereza com que seus dedos comprimiam minha pele, mas não continham meu corpo escorregadio. Você repetia "Tá tudo bem?" e eu respirava, de boca aberta.

Mesmo assustada, você amarrou os braços na minha cintura e me arrastou para fora d'água. Na areia, agarrou a canga, enrolou em volta do meu colo e me deixou ficar quieta. Com seu próprio vestido, forrou o assento e sentou minha bunda no encosto de plástico. Você se lembra desse dia? Você também teve medo?

Ajoelhada na minha frente, pôs sua cabeça no meu colo e esperou que o ritmo da sua própria respiração diminuísse. Eu tinha mesmo te assustado. Com o rosto ainda deitado nas minhas pernas, pediu que eu descrevesse o que estava sentindo, disse que não precisava olhar para mim, que eu podia falar em direção ao vento, com os pássaros, com o mar, que desviaria o olhar, mas que, por favor, eu dissesse o que estava acontecendo.

Falei que tinha empacado, feito um animal de carga, mas não se tratava disso. Meu corpo ainda estava preso demais no tempo traiçoeiro do mar para que eu conseguisse elaborar um discurso. O que senti na verdade foi vertigem, hoje eu sei, ou acho que sei. Ali, onde eu não encontrava chão para pisar e quanto mais eu procurava estabilidade, mais a água cobria meu rosto, ali, onde ir e vir eram a mesma coisa, onde não havia para frente ou para trás, ali onde eu deveria estar pelo menos agradecida por você ter se dado o trabalho de alugar um carro e dirigir três horas só porque eu não conhecia a praia, ali, onde eu deveria estar muito feliz, mas não estava. Eu odiei a praia e as roupas de banho. Odiei sentir aquela vontade submarina de vomitar, aquela falta de ar, aquela sensação elétrica no couro cabeludo salgado e grosso. Eu odiei o mar ao mesmo tempo quente e frio, árido e úmido, gentil e agressivo, liso e abrasivo, e odiei ter odiado.

Eu não tinha nada para te dar, em comparação ao que você tinha para oferecer, nem mesmo uma explicação convincente. Na verdade, continua sendo assim, nossa relação está construída sobre uma equação desleal. Eu tiro muito mais do que dou porque eu não tenho nada para te oferecer, Helena.

Limpa, ampla, branca. Maior, maior ainda, ainda maior mais uma vez. Sem portas nem janelas, sem fim. De repente volta a ser pequena, ao mesmo tempo que não termina, não começa. No centro, meu corpo. Estirado e boiando inerte sobre a mesa de cirurgia. Eu e eu, minha carcaça também fora, ao lado da maca, como boa residente que sou, juntas. Estamos operando o corpo, enquanto eu assisto ainda de fora, ainda mais distante. Mais um pouco. Ainda um pouco mais. Eu, meu corpo e eu. Nós três. Ela é quem executa o procedimento. Me pede afastador, pinça catéter. Uma la-pa-ro-to-mia, repete comigo, Estela. Ela diz. La-pa-ro-to-mia e gargalha, ela e a Estela gargalham, elas gargalham. Meu corpo não sente nada, enquanto mexem no meu corpo. Ela pergunta se está tudo bem, enquanto procede. Pergunta, enquanto procede, sobre os sinais vitais. Estela responde: o corpo de Estela responde bem aos procedimentos. Eu não sei o que estão fazendo com Estela, mas Estela sabe, enquanto Estela observa. Uma sabe, uma sente, uma opera e a outra observa. Estela, seu corpo e ela. Acordo, ou não. São cinco da manhã, ou não. Permaneço sobre a cama. Permaneço? Na minha pele, no ritmo das ondas, no ritmo do corpo que se mexe na maca. Do sono, do sonho, do mar, da anestesia. Um pesadelo, ou só um sonho, não tive medo dessa vez, mas parecia um pesadelo. Queria voltar para lá, descobrir o prognóstico, tratar as complicações. Saber o que há de errado com Estela que errou e depois errou de novo.

Se Estela ficou bem se. Sobreviveu. Deixo a cama e o cobertor me aquecerem, sei que ainda o sol não veio e talvez não dê as caras. Tento domar a crista deste momento em que não é madrugada, não é dia e não é. Em que eu nem durmo nem acordo nem vejo nem escondo e posso. Estar entre. A cama e o lençol. O dia e a noite. O sonho e a vigília. A realidade e. Imagino o desfecho do procedimento. Fabrico diagnósticos para o corpo estendido sobre a maca. Me presenteio com cistos no ovário, uma apendicite, uma úlcera, uma laceração, uma gravidez ectópica, um filho, um tumor, gêmeos. Qualquer coisa que me ajude a entender o que deu errado, o que há de errado, como não errar. Nada disso. Um cadáver? A dissecação de um cadáver? Talvez isso. Sim. Eu. Quem? Estela agora. Você.

— Ih, tá de volta, é?

— Parece que sim.

— Alguém quer café?

— A cara tá ótima, Estela. Dormiu bem?

— Dormi.

— Eu quero sim.

— Também.

— Nunca vi residente dormindo.

— Privilégio de alguns.

— Não chamaria assim.

— Aproveita, respira bem fundo porque você vai ficar no pronto-socorro.

— Tá divertidíssimo esse lugar hoje.

— Só os fodidos: tiro pra cá, facada pra lá, briga, o cacete.

— Pior que esses daí nem pra morrer servem.

— Tudo gato. Chega pai de família e não resiste a um peido, mas os malandros têm sete vidas.

— Deus é injusto.

— Nem bote Deus no meio, que isso é merda dos homens.

— Açúcar? Adoçante?

— Tem que criar casca, menina, ser médico não é fácil, não.

— Eu sei disso.

— Engrossar a pele.

— Virar homem!

No pronto-socorro, faço a admissão de um sujeito com corpo estranho no reto. Haverá necessidade de cirurgia para retirada do objeto engolido (ou inserido) pelo canal anal. Paciente do sexo masculino afirma ter caído em cima da garrafa em questão, durante uma festa. Nós supomos que ele introjetou o corpo de vidro em seu corpo de carne, mas nem nos damos o trabalho de questioná-lo: aqui, estamos acostumados com a presença de doentes com esse perfil. A enfermeira informa que Viarealli me chama na sala dele e eu me pergunto o que vai acontecer comigo. Enquanto preparo a região para o procedimento cirúrgico, realizando a tricotomia e posicionando sobre os glúteos o campo verde, penso que a fome e a sede podem ser manifestas e sanadas por extremidades diversas do trato digestivo, dentre outras bocas. Bom apetite!

Na sala, Viarealli me espera sentado e sozinho. Entro, ele larga o celular na mesa e pousa os óculos ao lado.

— Com licença, doutor.

Ele indica a cadeira à sua frente e parece ter um sorriso acolhedor no rosto. Eu poderia esperar qualquer outra coisa.

— Como vai, Estela?

Não sei o que responder e esboço um "o.k.".

— Bem, em primeiro lugar, eu gostaria de te dar notícias sobre o paciente.

— Por favor.

— Ele está vivo.

— Que bom!

— Em resumo: o que aconteceu foi que eu limpei seu cocô e ninguém ficou sabendo.

— Como assim?

Ele ri e prossegue:

— Apesar de ter sido um erro, digamos, grosseiro, foi possível remendar, literalmente, o buraco que você abriu no sujeito.

— E como?

— Depois eu te mostro as imagens, tá bem? Mas não se preocupe, eu fiz questão de cuidar dele com minhas mãos, botei minha equipe pra trabalhar, ele teve melhor tratamento do que se não tivesse ocorrido o erro.

— Certo.

— Nem família nem paciente souberam que sua mão segurava o bisturi e não a minha. Desse modo, é importante que eles permaneçam sem saber, entendeu?

— Sim.

— Tive que contar, é claro, que houve ali uma sutura de emergência, mas tudo soou como um procedimento imprescindível, decorrente da própria fisiologia do doente, e não de um erro médico.

— E eles acreditaram?

— É claro que sim. Quem são os médicos aqui? Eles ou nós?

— O senhor, Viarealli.

— Pode me chamar de Paulo.

— Paulo...

— Estela, dentre todas as coisas que eu te ensinei até este momento, a mais importante delas vem agora, e eu quero que você preste atenção. Está prestando?

— Estou.

— Quando a mão de um médico falha, a mão de outro serve como prótese. Quando o olhar de um médico turva, nos olhos do outro se acham os óculos. Mas quando um de nós cai, mais importante do que socorrer a queda é evitar que ela seja percebida.

— Claro.

— Somente enquanto fizermos parte de uma mesma profissão, a despeito das nossas diferenças insignificantes; somente enquanto usarmos todos os mesmos jalecos brancos e limpos; somente enquanto nossos jalecos forem mais brancos e mais limpos do que os outros; somente assim conseguiremos garantir a qualidade do nosso trabalho e das condições para que ele aconteça. Você não concorda?

— Sem dúvida.

— Minha querida, acasos acontecem. E a medicina precisa do acaso pra entrar em campo e marcar seu gol.

— Claro.

— Fique feliz com seu batismo de sangue!

— Obrigada, dr. Paulo.

— Seja bem-vinda, dra. Estela.

Ando até a parte externa do hospital e observo sua arquitetura. O edifício devia ter imponência quando foi construído, há mais de sessenta anos, mas hoje parece débil perto dos seus vizinhos altos e envidraçados. Imagino a demolição das suas paredes e a construção de outras mais produtivas. É bonito, sua estrutura e seus jardins, mas será engolido. Tudo o que é belo será engolido.

— Olha só quem acordou: Estela adormecida.

— Bom dia.

— Ainda bem que você ligou, eu tava quase indo ver se você tava viva.

— Não é pra tanto.

— Aproveitou o descanso?

— Ainda prefiro trabalhar.

— E o que você fez nesse tempo?

— Dormi.

— Que mais?

— Acordei.

— Continua acordada?

— Por enquanto sim.

— Anda acompanhando as notícias?

— Mais ou menos.

— Viu que o homem vai pisar em Marte pela primeira vez?

— Agora?

— Não, mas é um feito cada vez mais próximo.

— Como você sabe?

— Tem gente interessada em levar vida humana pra lá. Você acredita numa coisa dessas?

— Morar em Marte?

— Exato, infectar um outro planeta com nossa raça.

— E como a gente sobreviveria?

— Não sei direito, mas parece que tem água.

— Sabia que não chove em Marte?

— Mas faz um frio desgraçado.

— Você tá realmente interessada.

— Claro, já pensou se essa doença nova da Ásia chega aqui?

— O vírus chinês?

— É.

— Pode esperar que chega.

— Você acha?

— Tenho certeza, é muito contagioso.

— Explica.

— O vírus tem se espalhado rápido, então vai acabar chegando aqui. Seja como for, não tem com que se preocupar.

— O que você acabou de dizer me parece preocupante.

— É só uma gripezinha. Você vai ver, só vai matar velho.

— Meu velho não pode morrer!

— Melhor sugar todo o açúcar dele logo, *sugar baby*.

— Você tem certeza do que tá dizendo?

— Se for um pouco pior do que uma gripe, pessoas com comorbidades talvez desenvolvam formas mais graves da doença.

— Tô achando melhor fugir. Vamos?

— Prefiro ficar.

— Como assim, Estela? Marte.

— Eu pisei na Terra pela primeira vez esses dias, Helena. Não pretendo ir embora tão cedo.

Agradecimentos

Como acredito que só se escreve a muitas mãos, agradeço aqui alguns daqueles braços que pegaram nos meus para que este livro pudesse vir a público.

Obrigada:

André Conti, que abriu as portas para Estela e conversou com ela como apenas um grande editor faria, enxergando-a mais nitidamente do que eu.

Rodrigo Caçapa, pela escuta preciosa e pelo acolhimento de minhas angústias estéticas e psíquicas, durante o processo de revisão.

Luisa Tieppo e Silvia Massimini Felix, por tomar conta das minhas palavras com cuidado.

Iuri Tamasauskas e Paulo Mazzaferro, que gentil e pacientemente me ajudaram na pesquisa necessária à escrita.

Paulo Scott, pela orelha que escutou o livro e pela honra que me deu poder contar com suas palavras sobre as minhas.

José Santana Filho, cujos olhos me ajudaram a enxergar a obra e cujas palavras ajudaram a dar corpo à Estela.

Isabela Pires Ferreira e Pedro Torreão, leitores beta deste romance, por terem-no tomado no colo em seu nascimento.

Leopoldo Cavalcante, cujo ouvido literário afiado escutou minhas chatices.

Alex Coelho, por ter me contado que existem espaços entre as palavras, dentre outras imagens peculiares.

© Natália Zuccala, 2023

Todos os direitos desta edição reservados à Todavia.

Grafia atualizada segundo o Acordo Ortográfico da Língua
Portuguesa de 1990, que entrou em vigor no Brasil em 2009.

capa
Violaine Cadinot
foto de capa
Cristina Coral
composição
Jussara Fino
preparação
Silvia Massimini Felix
revisão
Ana Alvares
Paula Queiroz

Dados Internacionais de Catalogação na Publicação (CIP)

Zuccala, Natália (1990-)
Estela a esta hora / Natália Zuccala. — 1. ed. — São
Paulo : Todavia, 2023.

ISBN 978-65-5692-545-5

1. Literatura brasileira. 2. Romance. 3. Ficção brasileira.
I. Título.

CDD B869.3

Índice para catálogo sistemático:
1. Literatura brasileira : Romance B869.3

Bruna Heller — Bibliotecária — CRB 10/2348

todavia
Rua Luís Anhaia, 44
05433.020 São Paulo SP
T. 55 11 3094 0500
www.todavialivros.com.br

fonte
Register*
papel
Pólen natural 80 g/m²
impressão
Geográfica